アテネ・フランセ

書籍部

佛蘭西語書籍
美術・音樂書販賣

日曜・祭日休ミ
平日
午後三時—七時

神田三崎町三ノ九　アテネ・フランセ内

言葉第壹號目次

プラーグの通行人

ギイヨオム・アポリネエル

關　義　譯

一九〇二年三月、僕はプラーグにゐたのです。僕はドレスデンからやつて來たのでした。ブーデンバツからはオースタリーの税關がありました。ハプスブール家の領土内に、も早ドイツ風の野暮が殘つてゐないといふことは鐵道從業員の歩きから解るのでした。

僕は停車場へついて、僕の旅行カバンを預けやうと荷物受附へ行つたのです。掛りの男は僕の手からカバンを受け取ると、ポケツトから、手あかで光つた、使ひふるしたビラを出すと、二つにさいて、片つぽを僕に渡し、大事に持つてるやうにといふのです。その男も僕のやうにその片つぽを預かつて、僕が荷物を請求する時、この二つにさかれたビラが二つにキチンと合つて、受取人が僕であるといふ證明がつくと、僕を安心させるのでした。そこで彼はいかめしいオースタリ風 Képi 帽をとりながら、僕にサヨナラするのです。フランソワ・ジョゼフの停車場の出口で、僕をとりまいて、譯のわからないドイツ語で、イタリア風の追從をするうるさい赤帽を追ひ拂つて、貧しい旅行者である僕の財布に適當な旅宿をみつけやうと古びた街に出て行つたのです。僕はまるつきり知らない街に來た時は、誰にでも、僕の側を通る通行人に何でもきくことにきめてゐるのです。チョツピリぶしつけな習慣ですが、大變便利なのです。僕がビックリしたのは最初の五人の男がチェッコ語は話せてもドイツ語が解らないことでした。やつと六番目の男は、僕のいふことが解つて、僕に笑ひかけて、フランス語で返事をしてくれたのです。

――フランス語をお話しなさい。僕等は、ドイツ人がひどく嫌ひなんです。奴等は、寶石や貴金屬、石炭、葡萄酒をたくさん產みだす僕等の土地や產業に侵出して、キタナイ言葉を强制してるんですからねえ、僕等はあの人種は好かないんです。プラーグぢやチェッコ語しか話しません。然し、貴方がもし、フランス語でお尋ねになれば、誰でも、喜こんでフランス語で返事をしてくれますよ。それで、彼は、僕に、プロヂッツと發音する Proitz とこんな具合に綴る町にあるホテルを敎へてくれました。

∴

少し前、巴里ではビクトル・ユーゴーの百年祭があつたのです。僕はボヘミア人の度量の廣いのをこの機會に云つておくのは無駄ではないと思つてゐるのですが。方々の壁にはビクトル・ユーゴーのチェッコ語譯の小說の美しいビラがはられてゐるのを見かけたのです。本屋の店先はまるで、ビクトル・ユーゴーの傳記圖書館ではないのかと思はれるのでした。窓にはプラアグの市長の巴里訪問の寫眞を記載した、パリ新聞の切ぬきがはつてあるのです。そこで僕は再び、何がこの騷ぎをさせるのかと考へて見るのです。

僕に敎へてくれたホテルの一階は踊り場もあるカッフェでした。僕は二階で、おばあさんを見つけて、値段をまけろとかけ合つたのです。おばあさんは僕をせまい部屋に二つ寢臺がある部屋に僕をつれて行ったのです。僕は、その部屋に一人で住みたいと願つたのです。すると、そのおばあさんは、僕に笑つて云ふのでした。今に、僕が、惡德に近づかない男のやうに見せかけるだらうと。何故つて、踊り場もある一階のカッフェで、僕が譯なくさがせるお友達もゐるからです。

　一日、街を歩きに行つて、それから、どこかボエミア人の旗亭で、食事をしやうと、出かけて行つたのです。早速、僕は、僕の習慣に從つて、僕の近くを通る通行人に道をたづねたのです。すると、この男は、このアクセントから判斷したものか、フランス語で返事をしてくれたのです。

——僕も、貴方と同じやうに外國人なんです。けれども僕は、プラーグにはかなりくはしいつもりです。街を通りぬける時、美しい女たちが笑ひ顔で貴方を招く所だつて、お供も出來るのです。

　僕はビツクリしてこの男を見つめました。彼は六十歳位なのです。それにもかゝはらず、彼は大變若く見えるのでした。彼はカワウソの毛皮の襟をつけた栗色のマントを着て、ズボンは筋目もつかない柔かい生地で、それに可成り細いもんですから、僕にはふしくれだつた足が見えるやうに思えるのでした。帽子は、しばしば、あのドイツのプロフツエサアたちがかぶる眞黒な鍔の廣いフエルト帽子をかぶつて、ひたいにはどういふ譯か、黒い絹のリボンをまき遠い途を行く旅人が目的地まで行かないうちにくたびれないやうに、ユツクリと、同じ歩調で行く足音を消すためか、踵のないやはらかい皮でこしらへた靴をはいてゐたのでした。僕等はだまつて歩き初めました。彼の横顔は、法外に長い、ていねいにくしけずつた髪の毛と、あごひげの中にうづまつてゐるのです。唇は厚くて、いやに赤いのでした。それにとんがつてゐる鼻はウス毛がはえてゐて、短かいんです。便所の側で、見知らないこの男は立ちどまつて、チヨツト失禮といふのです。僕がついて行くと、僕は、鐵柵にズボンがぶらさがつてゐるのを見つけました。僕等がそこから出ると、彼は僕に早速いふのでした。

――あの古びた家を見てごらんなさい。こゝらの家は何ですよ、皆んな、何番地の何號と番號をつける前から、こゝの家はどこの家といふのが解るやうな印があつたのです。例へば、こゝの家には聖マリアの、そこの家には鷲の、あそこの家には騎士の繪がついてゐたんです。

この一番あとの家の扉に日附が書いてあつたのです。すると、この男は讀むのでした、大きな聲で。

――千七百二十一年と。僕はどこにゐたつけ？　千七百二十一年七月二十一日、僕はミユニツヒの街の入口に着いたのだつた。

僕はそれをきいて、ひどくあはてたのです。さうして、こんな氣ちがひととんでもない交渉を持つてしまつたものだと考へて。彼はすると、僕を見て笑ふのです。齒の拔けた齒ぐきを見せて。で、彼は又、先を續けるのです。

――僕はミユニツヒの門についたと。けれど、どうやら、僕の顏つきが、衛兵に滿足を與へなかつたらしい。何故つて、彼は、僕を忽ちツケツケと詰問し始めたから。それに、僕の辯解は衛兵を納得させる譯に行かなかつたから。衛兵たちは僕をしばりあげて、役人たちの前に引つぱつて行つたのです。僕は何でもないことが實にハツキリ解りながら、不安でならなかつたのです。途中で、今は、マリエンプラツの十七番地となつてゐる、ある家の扉に聖オニユフルの像が畵かれてゐるのを見て、僕は明日の生命の確證を得たのだと安心したのです。何故つて云ふのに、聖オニユフルの畵像を見るものは明日の生命の保證を得るといふ話があるのです。然し、僕の場合には、その話はてんで、あてはまらないけれど、つまり、僕は生きながらへるといふ皮肉な運命を持つてゐるからです。役人は直き僕を自由にしてくれました。僕は八日間、ミユニツヒの街中を步き廻つたのでした。

――すると、貴方は、その時ずゐ分若かつたのですねえ。僕はある事をいはうと、ワザと、いやにふしをつけて一語、一語發音したのです。大變若かつたのでせう！

——二世紀にもなるんだが、あ！　けれども着物を除いては僕の顔つきは今日とても變つてはゐないのです。それが、然し、僕の第一番のミュニッヒ訪問ぢやないのです。僕は既に千三百三十四年にもあそこへ行つてゐるんです。それから、僕は思ひだす。あそこで會つた二つの行列を。一番目のは、人々にのゝしられて、麥藁の冠をかむせられ、その恥をかきつらねたかぶりものゝてつぺんにチンタン鳴る鈴をつけて、歩かせられてゐる女を先に立てた弓持の兵士の一隊でした。麥稈のあみひもが美しい娘の脛《はぎ》のあたりにゆれてゐるのでした。その時分の流行で、お腹を大きく見せるのが、女の美だとされた頃でした。そのお腹の上に手をくみ合せられてしばられてゐるのです。あゝ！　それが、ことの外、それが、美しかつたのです。二番目のはつるし首にするユダヤ人を引つぱつて行く連中でした。ユダヤ人は眞赤に塗つた鐵のマスクをかぶらせられてゐるので宜いかげん惡魔的な顔つきにさせられてゐるのです。そのお面についてゐる耳が又、あのイタヅラな子供たちにかぶせるロバの耳といふズキンにソツクリなんです。鐵のマスクの鼻のさきが、ひどくのびてゐるので、大變重いのです。で、やむなくこの不幸《しあは》せなユダヤ人はこゞんで歩かねばならぬのでした。ほそ長い、薄べつたい舌が頬の方にまき上つてゐるなんて、何とこのおもちやがグロテスクに完成してゐる事か！　女たちはこのユダヤ人をあはれみはしなかつたのです。それに、キリストの汗を柔かい布でぬぐつてやつた、聖ベロニツクのやうにあのマスクの下の汗をぬぐつてやらうなどと考へる女もゐなかつた。一人の男は、その人だかりの中に、くさりでつないだ二匹の大きな犬をひつぱつて來るのを見て、そいつをこのユダヤ人につなげと云つてきかないのです。僕はそれを見て、二重の冒瀆ではないかと思つたのです。あのいたましい、キリストのやうに、このユダヤ人をあつかふ連中の宗教から云つて見たつて、人道上から見たつて、ゆるせるもんぢやないのです。だから私は動物がキライなんです。第一、獸を人間なみにあつかふなんてたえられない！

——貴方はヘブライ人ですね。さうでせう？　僕はポツンと云つたのです。すると彼が答ふるのです。

——私はさまよへるユダヤ人だ。もうお解りになつたでせう。私は永遠のユダヤ人です。あのドイツ人たちがさう云つてゐる。僕はイザック・ラクデムです。

——ね、貴方は去年の四月、パリへ行つたでせう？　それから貴方はブルターニュ街の壁に白墨で貴方の名前を書いたでせう。いつだか、乘合馬車で、バスチーユに行く時、そいつを讀んだ記憶があるんです。と、僕はこんなふうに云つて、僕の名刺を彼に渡したのです。すると、彼は、僕のいふのはうそでないといふのです。で、僕は續ける。

——貴方はたびたび、アハスベリュスといふ名前で呼ばれはしませんか？

——あゝ！　その名前も僕んです。それから、まだ澤山あるんです。千二百四十三年に僕の歴史をフランス語の文で綴つて呉れた、フイリツプ・ムースクによれば、僕のブラッセル訪問のあとでうたはれたなげきうたにはイザック・ラクデムなんです。アルメンアの長老から聞いたのだと云ふ英國の評論家マシウ・ドウ・パリもさうだといふのです。僕の通つた、方々の街では、しばしば、詩人や評論家たちは僕のことをアハスベールだとかアハスベリュスだとかいふ名で呼んでゐるんです。イタリア人はブツタデイオ（神を賣つた男の意）と名づけてゐるし、ラテン語でブッタデウス、ブルターニュではブウデデオだし、エスパニア人はヤン・エスペラ・エン・デイオスと云つてるのです。でも、僕はイザック・ラクデムといふ名が一番好きです。オランダぢや大ていこの名前で通るんだが。よく小說家たちは僕がポンチウス・ピラト（キリストを處刑したユダヤの代官）の門番であつて、僕の名前はカルタフイロスだつたといふんです。又、違ふ作者によると、僕が木靴師だつたといふんです。現に、ベルンのある町ぢや僕が作つたのだといふ木靴があるつていふんです。それといふのは、僕が通つた印に、その木靴を置いて來たものだらうといふんですがね。然し、僕は、キリストが僕に、キリストのよみがへりの日まで歩けと命じたことについては話したくない。僕は、僕が主人公になつてゐる小說は讀まないけれど、その作者の名前は知つてゐます。ゲーテ、シューバアル、シユレイゲル、フオン・シエンク、プフイツエル、シユライベル、ヴエ・ミユーレル、レエナウ、ツエドリツ、モオゼンス、コフレル、クリングマン、レービン、シヤウキング、ハメリング、ロベルト・ジイセツク、カルメン・シルバ、ヘルリツグ、ヌウバアル、バウリス・カツセル、エドガア・キネ、ウ・ジエヌ・スウエ、ガストン・パリス、ジヤン・リユシユパン、ジユウル・ジユイ、英國人コンウエイ、プラアグ人でマツクス、ハウスホーヘル、シユコメルなどでせう。で、千六百二年にレイドに現はれた行商の小さな本にこの作者たちが努力して呉れたことをつけ加へませう。それが忽ち、ラテン語に譯され、フランス語やオランダ語になり、シムロツクの手で、ドイツ大衆叢書の中に再版されたのです。あゝ、そこで、この話はこゝまでとして。これがリングといふ敎會堂です。こゝにはチーコ・ブラヘの墓があるんです。ジヤン・フツスはこゝで說敎をしたのです。それから、この壁には、七年戰爭と三十年戰爭の彈丸のあとがありますよ。僕等はだまつて敎會堂を訪れたのでした。それから、僕等は市役所の大時計が時をうつのを聞きに行つたのです。「死」の像が、首をふつて、網を引き、時をつげるのです。すると、他の彫像が動きだすのです。ニハトリが羽ばたきをすると、開いた窓の前を十二人の使徒が無表情な一べつをなげて通りすぎる。時計はこんな仕掛です。僕等はシビンスカと呼ばれた、陰慘な牢獄を見物して、古着や錢屑やその他、譯の解からないものを並べたユダヤ人の街を通つたのです。長靴をはいた女たちが急いでゐます。やぶれた着物を見れば、見當のつく慘めなユダヤ人が通りすぎます。子供たちはチエツコ語とヘブライ語でしやべつてゐます。僕等は屋根のひくい、古びたユダヤ敎の寺院へ行つて見ました。女たちは、式のある間は、あかりとりの窓からのぞいてばかりゐて決して中へ入らないのでした。この寺は、貴重なモイゼの敎を書いた羊皮紙の古い卷ものを負ふて眠る墓場でした。ラクデムは、ユダヤ街の市長館の時計が三時であるのを告げるのです。何故と云つて、この時計の文字板はヘブライ語の數字をのせて、針が反對に廻るからです。僕等はそれから、モルドウ河にかゝつた、ウエンゼスラス王の告悔聽囘僧であつたあの聖、ジヤン・ネポミユセヌが女皇の告悔の内容を明かさなかつたために、こゝからモルドウ河に投げ入れられたのだといふカールスブルツケ橋をすぎたのです。橋には女の聖者の像がいくつもきざみこまれてゐました。こゝからは、モルドウ河を一目に見て、教會堂や僧院の屋根も一しよにプラーグの街が一望でした。僕等の目の前にフラドシンの丘が立つてゐます。僕等がお城の建物の間を行く時に、僕等は又しても、おしやべりを始めたのです。

――僕は、と僕がいふのです。貴方は存在してなかつたんぢやないかと思へて仕方がないんです。貴方の傳說といふのは、僕には結局、祖國のない貴方の民族を象徴したものではないかと考へられるのですが。ユダヤ人たちは、努めて、人の氣にそふやうにとしながら、いつも、その結果が惡いんですねえ。本當ですか？　所で、キリストが貴方を追放したといふ話は？

――いかにも、然し、僕は、その話はしたくないんです。僕はたゞ、僕の生きてる限り、終りなしに休むことなしに、ならされてゐるんです。そんな譯で僕は眠つたことがないのです。僕は絶えず歩かねばならないのです。恐らく、僕は最後の審判の十五の印が現はれるまで歩かなけりやならないでせう。然し、僕は苦しみの十字架の道といふのを歩いてゐるわけぢやないのです。僕の道は幸福なんです。地上にキリストが現存してゐるたゞ一つの證據として、又、ゴルゴタに最後をとげた彼の神業が現實であることを人に證明する唯一の存在なんです。僕は。然し、これは、何といふ名譽で、又、仕合でもあることか。何故つて、僕は十九世紀の間、こんなに面白いものがあるまいと思はれる人の世の見物人でもあるからなのです。僕のあやまちは天才でもなければ出來ないことですよ。それでもう、僕はずつと前から身をなげくのはおしまひにしたのです。彼はそこで、おしやべりをやめて、フラドシンの城を見物したのです。素晴らしく立派な部屋や陰慘な部屋だの、貴族の墓や、聖ネポミユセヌの銀の棺の置いてあるお寺だの。ボエミアの王様たちが戴冠式をあげたり、聖ウエンゼスラスが殉教したといふお城の祈禱所の壁が瑪瑙や紫水晶で張つてあるのだとラクデムは僕に注意するのでした。

――見てごらんなさい、ほら眞中の所に、狂人のやうにもえてゐる眼をした顏がかいてあるでせう？　あれがナポレオンの顏だといふんですよ。

――僕の顏だ！僕は思はず叫んだ。いやしい暗い眼をした。本當なんです、僕の顏がそこに畫かれてゐたのは。僕の苦しげな畫像は、聖ヴエンゼスラスが殺された時、手にしてゐた指輪をブラさげたブロンズの扉の所にあるのでした。僕等は外へ出てしまつた。僕は以前から、氣狂ひになるんぢやないかと大變心配してゐたもんだが、とうとう氣狂ひになつてしまつた時の僕の顏を見て、不幸せな僕は蒼くなつてしまつたのです。すると、ラクデムは僕をなぐさめていふのです。

――もう、遺蹟なんぞを見てまはるのは止しにしませう。街の中へ行きませう。まあ、プラーグの街を見てごらんなさい。あのフンボルトが、ヨーロッパの一番面白い五つの街の中に算えてゐるぢやありませんか。

――お讀みになつたんですか？

――えゝ、たびたび、宜い本はね、歩きながら……笑つちやいけません。僕は歩きながら、しばしば戀だつてするんですからねえ。

――何ですつて！　貴方が戀をするんですつて？　え、それで、貴方はしつとするなんてことがないもんですね？

――僕の一瞬間の戀は、一世紀の戀にも價するんです。それに、幸ひ、僕を追ひかけてくるものもなし、それから、僕は、嫉妬するなんてひまを持たないんですよ。まあ、死ぬことと、將來《さき》のことを考へちやいけません。人つてものは死ぬつてことに何時だつて無關心ぢやないんだが。貴方だつて、まさか、僕がたつた一人、この世の中で死なない男だとは考へてゐないでせう！　エノのことや、エリアのことや、エムペドクレスや、アポリニウス・ド・チアンヌを思ひだしてもごらんなさい。もう世の中にはナポレオンがまだ生きてゐるんだと信じてるものが、ゐなくなつちまつたのですか？　ぢや、ババリアの王様、ルイ二世のことをバヾリア人に尋ねてごらんなさい、何ていふか。皆んな、あの素ばらしい氣狂ひの王様は生きてゐるんだといひますよ。貴方だつてさうです。貴方も多分、死なないかも解からない。

∴

夜がやつて來て、街の中に灯がともつた。僕等は再び、今度は、大變、近代風の橋を渡つてモルドウ河を横ぎつたのです。

——もう晩食の時間ですよ。ラクデムが云つた。歩いたのでお腹がへつて來た。それに僕は大變な大食ひなんです。

——僕等は音樂がきこえる一軒の旗亭へ入つたのです。そこには、一人のバイオリン彈きと、タンバリンを手に持つて、トリアングルと太鼓を竝らべた男と、二竝びの鍵盤があるオルガン樣の樂器をいじる男がゐたのです。三人の音樂家は、それこそ、惡魔の物音をたてるのです。とびはねるジヤガイモは香ひ草の實とまじり合ひ、パンはけしの實と、僕等の呑むホロにがいピルセンビールと雜り合ふのでした。ラクデムは部屋の中を歩きながら立つて喰べるのでした。三人の音樂家は演奏し、それからお金を集めに廻るのです。そのうち、部屋の中は、顏が丸くて、頭がボールみたいで、鼻がみんな上をむいてゐるボエミアルのお客さんの太い聲で一つぱいになるのでした。ラクデムは陽氣にしやべつてゐるのでした。すると、僕は見たのでした、彼が僕に注意するのを。誰かゞ僕を見つめ、それから誰かゞ手をにぎるのでした。こんな風に云ひながら

——ヴイヴエ・ラ・フランチエ！

すると、音樂は、ラ・マルセイエーズを奏でるのです。段々旗亭は一つぱいになつて來たのです。そこには女も雜つてゐました。それからダンスが始まつた。ラクデムはお客の中の可愛い女の子をつかまへたのです。それから二人は天使のやうに踊つたのです。天使をダンスの先生と呼ぶタルミユツドの中の說に從へば。彼は、女の子をつかまへると、抱き上げて、皆んなの喝采の中で踊つたのです。女の子は足が再び下につくと、氣を失つたやうになつてゐたのでした。するとラクデムは若いものがするやうに音をたてたキツスをその女の子におくるのでした。

一フロランの勘定の割前を彼は拂はうとするのです。僕はその時、おときばなしのフオルチユナチユスの財布の姉弟で、それから、傳說的な五スウが決してなくなつたことがない彼の財布を引つぱり出すのをはからずも見たのです。

∴

僕等はこの旗亭を出て、ウエンゼルプラツ、ヴイエフマルクト、ロツスマルクト、又はヴアクラブスケ・メスチと云はれる長方形の廣場を横ぎつたのです。ガス燈のあかりに、チエツコ語で行きちがひに僕等を誘ふ女たちがふらついてゐるのでした。ラクデムは僕をユダヤ街に引つぱつて行くのです、こんなふうに云ひながら。

——夜になると、どこの家も、羽根ぶとんの寢どこに變つちまふんですよ。

それは、うそではないのです。どこの家の扉の前にも、ショールをかぶつた女が、立つてゐるか坐つてゐるかしてゐて、僕等をヒソヒソと、夜の誘ひに誘ふのです。すると、ラクデムが云ふのでした。

——ピニヨプル・ロワイヨオ（王室葡萄畑）の通りへ行つて見ませう。あすこなら、どんな物ごのみだつて滿足するといふ十四から十五位の女の子がゐるんです。

僕はこの心をひく申しこみに應じたのです。近くの家で、ボエミアの女か、ハンガリア女か、ドイツ女かもしれない寢まきを着た女たちとハンガリア葡萄酒を呑んだのです。僕はその中に雜じり合はないのです。ラクデムは僕の臆病を笑ふのです。ラクデムはお乳の張つた、おしりの大きいハンガリア女と忽ち交渉を始めたのです。やがて、彼は、むねをはだけて、年よりだといふので幾分こはがつてゐる娘をつれて消えるのです。十五分もすると彼等は再びもどつて來たのです。恐怖と滿足につかれた娘はドイツ語で叫んだのでした。

――あの人は、しよつちゆう歩いてゐたのよ！　あの人はしよつちゆう歩いてゐたのよ！

ラクデムは笑つてゐた。僕等は拂ひをすますと出て行つたのです。彼は僕に云つた。

――あの娘は大變宜かつた。僕はまれにしか滿足することがないんです。僕は千二百六十七年、ホルリで手に入れた娘以來なんです。シエナでも僕は大變うれしかつたことがあるんです。十五世紀の何年だつたか忘れてしまつたが、こげたパンのやうな髮の毛をしてゐる女の所で。一五四二年にはハムブルグで、僕はそれにはすつかり打ちこんでしまつたのです。僕は無駄だと知つてゐて、僕のこゝに止まることを許して貰はうと教會堂へ裸足《はだし》で、神に願ひに行つたほどなんです。僕は、この日、神父が說教をしてる時、パウリウス・フオン・アイツエン、後にシユレスヴツグの司敎となつた學生に知られてしまつて、話しかけられたのです。又、アイツエンは、友達のクリソストオム・デダリウスに僕のこと話してきかせたものです。デダリウスはこの話を千五百六十四年に出版してゐます。

――貴方は生きてゐるんでせうか？　僕は云つた。

――えゝ！　僕は生きてゐるんです。ほとんど神のやうに。ちつともさびしがらずに。あゝ！　僕は出かけなければならない。僕はもう感じる、僕の出發を！　僕は少し、プラーグにゐすぎたやうです。貴方は眠くなつたでせう。歸つておやすみなさい。ぢやさようなら。

僕は彼のカサカサした長い手を握つた。

――ぢや、さようなら！　さまよへるユダヤ人。目的をもたない幸福な旅人！　貴方のオプチミスムは徹底してます。もし貴方を、後悔に身をはまれた蒼白い漂浪者として書く者がゐたら、そいつはバカですよ。

――後悔ですつて？何故ですか？　まあ宜ろしい。ぢやお達者で、それからあまり人のよい人間ではないやうに！　どうぞお仕合せに。クリスト！　あゝ！　僕は彼をデクのやうにあつかつた。彼はすると、僕を超人間にしたのだ。さようなら！

ガス燈の具合で一つきりに、あるひは二重に三重になる彼の影がひえびえした夜の中に遠ざかつて行くのを見つめてゐました。すると、にはかに、彼は手をふつて、傷いたけもののやうにやるせない叫びを上げたのでした。そうして、地面に倒れてしまつたのです。僕は何か叫びながら彼の側にかけよつたのです。僕がシヤツのボタンをはづしてやると、おどろな目を僕に向け、まどはしい言葉で云つたのでした。

――有り難う、時が來たのです。九十年間か百年おいて、僕はいつも恐しい病氣におそはれるのです。さうして、それから、僕の生命の次の世紀に必要な力を得るのです。

――OI！OI！　ヘブライ語の、あゝ！の意味です。この間に、ユダヤ街の夜の商賣人は、この叫びに呼びさまされて、みんな家から出て來たのです。そのうちに巡査が來ました。その中には寢どこから急いで起き上り、やつと着物を着た男もゐました。方々の窓からも首をだしてのぞくのです。僕はわきへよつて、泡のやうに白い寢まきを着た女や帽子もかぶらない男があとをつけるラクデムを連れて行く巡査たちを見つめてゐたのです。

氣がつくと、街には、豫言者めいた眼をした年老ひたユダヤ人がひとりになつてしまつたのです。彼は僕を怪訝さうに見てドイツ語でつぶやいたのでした。――あれはユダヤ人だ。助からないらしい。――さうして僕は彼が家に入る前に、何故か着てゐたマントをひらくと、彼のシヤツを斜めに裂いたのを見たのです。

花賣りの少女

レイモン・ラヂゲ
山澤種樹譯

どうして、動物園《ジャルダン・ダクリマション》で白鳥が盗まれたかといふことは、誰も知らなかつたのです。小唄本は、この盗難は禽が高《たか》價いからだとあてこすり、社會民主主義のある議員は政府を攻撃する材料《たね》に使ふのでした。しかし、世間は、並でない盗みといふものは、何か不思議な動機がなければといふのです。

監守たちは彼の女をよく知つてゐました。花賣りの少女アリイヌはミモザや菫の花の花かごを輕くしてくれるお客さんが澤山あつた日は、子供たちの樂しい庭園の、種々《いろいろ》の色で、色分けをした、小屋の一つに馳けつけます。

アリイヌは、前掛に一ぱい入れた、小さなパンを無暗とまきはしなかつたのです。彼の女は、氣に入りの白鳥となら一緒に喜こんで、まゝごとをしたいと思つたけれど、我儘者の白鳥はアリイヌとなかなか一緒に遊びません。花賣りの少女の前掛が空らになつてしまふと、この可笑しな友達は、無邪氣なアリイヌに背中を向けてしまふのでした。

大へん氣位の高い、この鳥の仕打ちは、貴公子と貴婦人の中世の物語を讀まない人をビックリさせたのです。

アリイヌは粗末なホテルの六階に住んでゐました。彼の女の模範となるやうな生活は隣近所の女たちの驚きの的でした。――あたしたちが、と彼の女たちは話し合つた。四つの時には、花賣りなんかはしなかつた、と。

アリイヌの部屋の壁にはジュピターにつかまへられてゐるレダの色刷が懸つてゐました。昔の物語を知らないで、レダが競爭の相手としか見えない彼の女は癪にさはつて

――まあ、いやらしい！　と思ふのでした。ある嵐の晩、彼の女は、その色刷りを破いてしまつたのです。翌る日、彼の女は白鳥の眼の中に、とがめてゐるやうな氣配を感じたのです。

どうして嫉妬《やきもち》なんかやくんです？――レダと私の牧歌はもう昔の話なんです。

またボタン穴に花を挿すのが流行つて來て、アリイヌは間もなくお金持になりました。

アリイヌは、奇麗な街にある氣持ちの宜い部屋を借りるやうになりました。

アリイヌはもう誰かと一しよになつても足りるだけのお金をためました。彼の女は動物園の園長に手紙をだして、その白鳥を買ひたいと申しこんだのです。しかし相憎郵便配達といふものは彼の女が返事を受けとれなかつた様にぼんやりものなんです。

アリイヌは生れつき一本氣でした。監守たちが鐵の門を閉める時間に、彼の女の戀人を盗んだ時は大へん心臓がドキドキしたのです。白鳥は大へん利巧であつたので、アリイヌ

がしめ殺しなんかしないと知つてゐるので聲も立てませんでした。

二人はやうやく彼の女の住宅《すまゐ》に歸り着いたのです。白鳥はお風呂の中に放されました。さうして彼の女は、お風呂にひたりながら白鳥と遊んでゐる自分と同じ年頃の子供たちをもううらやみはしませんでした。たゞ、彼の女の白鳥はセルロイド製ではないのです。

HALTE

半ズボンの自轉車競爭《のり》選手よ、生涯を通じて道はしづかにながれてゐる、君の卷ゲユトルのやうに。

障害物への僕等の勇氣は、僕等の祖先ゴオル人以來、僕等の誇りだ。

小さな自轉車競爭《のり》選手よ、
君を疲らせる里程標はあるけれど、戀の休止《いこひ》の中に、君らの道を走り給へ、走り給へ。

スタンダール論

ポール・ヴァレリイ
脇田隼夫譯

佛國大使ジュール・カンボン氏に捧ぐ

私はリュシアン・ルーベンを再讀したが、三十年前愛讀したものと比較する時、全然別個の感さへ抱かしめる。此三十年の月日を經て、私も變つたが亦此書も變つた。私の云ひたいのは、以前に出版されたルーベンを編輯し直し、增補し、改善を加へて出版された今度の改訂版が三十年前のルーベンを甦らせて、昔讀んだ時の甘い追憶を繰延べることだ。
然し何としても否み得ぬのは、最初のルーベンに得た喜びである。

一千八百九十四年頃、ルーベンの最初の發行者たるジャン・ド・ミテイに與へられたる世論は屢々非難に流れた。此期に在つて彼が我々に示したテクストが、今後、恐らくは、遺憾な點の多いもの、摘要に過ぎぬもの、可なり酷く文意を傷つけられたものゝ如く見える樣になることを哀心より希望する。

此出版物その物に範圍を限つて居るのではなく、彼個人をも目標として、苛酷な批判に對してミテイ自身が再度の危險を冒すかも知れなかつたことを、私は知らぬではない。然し私の場合、何と云つても自ら彼の責任者であると思つて居る、で私は敢へて今、多少賞讃の言葉を以てそれに就て語るのである。

我々はよくステファヌマラルメの家で落ち合ふのだつた。マラルメの「火曜會」へ彼はよく來たものだ。此貴重な火曜日の夕べをマラルメの家に過した後、我ゝは宵闇のローマ街の長い路を、語りながら巴里の光り輝やく中心地の方へ歩いて行くことが一度ならずあつた。我々は愉快にナポレオンやスタンダールのことなどを話し合つたものだ。

丁度此頃、私が熱心に讀んで居たのは、彼スタンダールの自叙傳的回想記「アンリ・ブリュラルの一生」及「エゴチスムの回想」であつたが、私は此二著を有名な長編小說の「赤と黒」や「パルムの僧院」より寧ろ好んで居る。それ等の筋や事件は私にとつては何等の重要さもなかつた。私にとつては興味有るものは單に總ての事件が依つて來る生きた組織その物だつた、即ち、或人物の構成及反動なのである。もし筋と云ふ言葉を以てすれば內面的の筋とも云ふ可きか。

それでミテイはリュシアン・ルーベンの小冊を調べた――云はゞ懺悔したのだ。で、ミテイはダンテュ書店から發行されると直ぐ私の所へ送つて呉れたが、此書を讀んで、非常に氣に入つた。私は此本を讀んだ者の中では初めの方だつた。で、諸處で頌讃して歩いた。

それ迄私が讀んだ戀愛小說は皆が皆、私にとつては退屈極まるものであり、愚《ばか》らしかつたり、無駄なものだと思はれないものは無かつた。私の青春時代には戀愛其物が非常に高い所に在るもの、又一面非常に低い位置に据えられたものと云ふ考を持つて居た。だから、最も著名な作品を讀んでも其中に何ら力強いもの、眞實なもの、確りしたもの、優しいものを見出し得なかつた。

然しルーベンの中には、カステレル夫人の面影を描いた特殊の纖細さがあり、中心人物に見られる感情の高貴な深いものがあり、愛情の進展が或種の沈默の中に在つては絶對的權力となることなどが見られ、且はそれを包括し、自らなる莫然たる狀態に止めて置く、此極度の技倆等總べてが私を魅了し再讀させたのである。此甚だはつきりしない特質に依つて、可成本質的に感動させられたのは、恐らく理窟の無いことでは無かつたらう、だが尚、私は感動させられたことに驚いて居た。何故と云ふに、作家の技巧が私に與へた感情と、私本來の感情との間に、今ではつきりした區別を付けられないと云ふ點迄、一個の著作に依つて迷はされて來て居り、その事を私が別に不快に感じなかつたし、今だに尚些かも不快に思つて居らぬからだ。

私はスタンダールの文章を理解して居るし、彼の人と爲りも心得て居る。彼の感情の動きが何うあらうと構はないし、又その必要もない。だが唯私が彼に教へて貰ひたいのは、その手腕のみだ。兎に角、リュシアン・ルーベンは私の嫌ひとする混沌たる事の奇蹟を行つたのだ。

彼の作品中に描かれた田園生活、都會生活、軍隊生活、政治生活、議會生活、乃至は選擧の生活の繪卷物、即ち、ルイ・フイリツプ時代の上半に於ける愉快な諷刺畫《カリカテユール》であり、生きたる素晴しい喜劇《コメディ》であり、時にはボードヴイルでもあるものに就て云ふなら――又、中には「パルムの僧院」の如きオペレツトを想はせるものもあるのだが――此リュシアン・ルーベンでは、スタンダールが私に機智と創意によつて照し出された幕間の踊を與へたのだ。

優しさと清新さ、それが最初のルーベンに對しての私の印象だつたのだ。幾時かを彼のお蔭で紛らされた私が、ミテイの靈に些かの謝意を表してならぬ理由もあるまい。彼に依つて知つた此最初のそして未完成のルーベンに私は魅され感動させられたのだ。彼ミテイの勞作になる非難多き改版前のテクストを今後再び讀むこともあるまい。だから私が此最初のテクスト及その發行者に對する別辭を手向ける次第である。

今しがた私はヴォードヴイルとオペレツトの名稱を記したが(前文參照)、讀者がすぐそれを氣にされることを自分は豫想して居る。讀者は恐らく文學上の階級《カスト》の混淆を好むまい。テーヌに依り又、ニイチエに依つて讃美されたスタンダール、寧ろ哲學者なるスタンダーンが市世の才子と幾らも違はぬ位置に列せられたのに驚愕せられるに違ひない。だが事實なり人間生活なりは、そんなに秩序だつたものではないのだ。父子の關係にしろ親族關係にしろ現實では何れも餘程意外なものなのだ。

扨て、私は或一貫した經路が見える様に思ふ。其經路はスタンダールに始まり、メリメを通り、喜劇「フアンタジオ」を書いたミユツセを經て、第二帝政時代の二流劇の方へ、メイアツク及アレヴイの王候や謀叛人達などの方へと導いて居るのではないだらうか。

――且、此變轉極まりなき系統は、可なり遠くから傳つて來たのだ。(但し精神界では、總てが各方面より來り、各所へ向けて去る。)

スタンダールは道化歌劇に於ては達者であるとは云はれまい。彼はヴオルテールの小説に熱心になるべきだつた。ヴオルテールの小説こそ筋の運びの迅速な、潑剌たる、恐ろしく幻想的な點で、永久に驚異的のものである。

諷刺劇、歌劇、バレー、諷刺書、イデオロジーが惡魔的な動作を利用して組合はされて居る、テンポの早い、些かも假借のない作品であり、ルイ十五世の治世の末に於ける爛れた快樂の基となつた物語でもある。此ヴオルテールの小説の中に彼のやうな倦むことを知らぬ精神が、ナポレオン三世の治世の末を明るくしたオペレツトの典雅なお祖母さん達を考へて見ることが出來ないだらうか。――私はヴオルテールの「バビロンの皇女」「ザデイツグ」「バブウク」「カンデイツド」等を讀むに至つて始めて、一體どんな音樂がオツフエンバツハ其他の音樂より幾層倍か精神的で、批判的で、惡魔的なのかといふことが解つた様に思へる。

畢竟、かうすることに依つて、ラヌユス・エルネストはヴアリエテ座に君臨し、デュボアリエ博士はパレー・ロアイアルを主宰するに至つたらうと言ふに躊躇しない。

ベイルは幸にも、その生れた時代から、潑剌さと云ふ量り知らない賜を獲たのだ。

至上の權勢と倦怠とは、未だ嘗て、斯うも敏捷な敵手を得たことはなかつた。

古典派及浪漫主義者、ベイルは其間に在つて行動し、然も輝いたのだが、彼等はベイルの熱を煽つて居たのだ。若し、將來を映して見せる魔法の水瓶があるなら、その碩學的將來を彼に覗はせて、面白がらせたであらう。(否、事實は自負させたことだらう)彼の表現法が定義になり、彼の奇癖が掟となり、その出來心が敷衍されて理論になり、主義は彼より出で、無限の歷史的記錄が彼の短い箴言の中に收つて了つた、等が魔法の水に映るのを見られたことでもあらう。

彼の好んで使つた主想《モチイフ》のナポレオン、戀愛、精力《エネルギー》、幸福等は夥しい解釋を產んだ。哲學者もそれに加つた。穿鑿家は、目を見張つてベイルの生活の微細な點、其惡筆だの、出入商人の勘定書など迄漁つた。單純な、何にでも勿體を付けたがる或種の偶像崇拜家は、此偶像破壞者を名實共に崇拜して居る。

型のやうに、彼の有する奇怪さは模倣を呼んだ。可笑しなことに、彼自身に反對するもの總て、彼の自由、彼の氣まぐれ普通でないものに對する嗜好等に反對する總てが彼より起つて居るのだ。名聲は屢々意外な作用を爲すものだ。名聲は常に神祕である、例へ無神論者の名聲と雖も。

スタンダール愛好者と全然別派の讀者の中にも、往々スタンダールの精神が再顯しては云ふ「スタンダールの奴め、又出やあがつた。」

彼はナポレオンの幕下にあつて騎兵中尉となり次いで顧問府の輜重監及會計檢査官に任ぜられた。氏の仕事は彼には全くばかゝしいものだつた。顧問官諸公の尊大振つた樣子や、徒に空虛な文書の山を築きあげる根氣のよさや、橫暴さ、貪慾さ、偏さや等を常に彼は輕蔑して居た。是等の諸公をモデルにするに當つて彼は常にその對象として純眞な靑年又は才子を配して居る。國家の隆盛に關係ある重要人物が、事に面しては全く無能でたゞ〳〵沈默を守るだけなのに彼は氣付いて居た。彼は是等の怪物の容貌、性格、行動の實際に就いて、充分にその無價値、虚榮、虚僞、莫大な事を知つて居たのだ。

ベイルの書を讀むと、彼が大事件を輕々弄びながら取扱ふのを好んで居たのを容易に知り得る。彼が正確で簡潔な判斷を下す人物、不意打程にも急遽な、意外な事件の日程の終らない間に、卽刻の辨駁を加へ得る人物を創り出すのには、惚々する。――かういふ人物である大臣なり銀行家なりが、ルーベンの中にあつて時局を處理し、斷裁し、漕ぎ拔け、或は奥底に笑談を絢ひ交せ、或は奇手と正攻法を盛り合せたりするのだ。そして夫に依り、彼が其間に介在して居て、筋を書き、又は身體に、彼等の假面に隱れて出動して居るのが良く窺はれ、尙、事實非なるものを捕へて、斯様な人物に創り上げて、仕返しをして居るのが窺はれる。作家は誰でも、その惠まれざる運命を、能ふ限り利用するのだ。

有價値な人々は多いが、その價値なるものは、自ら成し遂げ得ると意識する種々雜多の役割に依つて來るものである。

アンリ・ベイルは一千八百十年型の良知事たり得る素質は備へて居るもの丶、矢張り、何時でも頭を下げることなどの大嫌な、所謂、厭な奴であつたのだ。

懷疑論者であつた彼は戀愛を信仰して居た。ひねくれ者である一方彼は愛國者なのだ。純理論的註釋家の彼が繪畫に興味を惹かれて居る（でなくとも、興味を感じ樣とし、または、感じて居るらしく見せかけて居る。）彼は現實に抱負を抱いて居る、且、熱情の神祕的信仰の科學を、彼は獲て居るのだ。

恐らく、自己意識の增加、本來の自己に對する不斷の觀察の二つが、見出される樣に、又、種々雜多の姿を現はす樣に導いて居るのであらうか。――その才氣たるや、極度に、神出鬼沒にして、生じたかと思ふ瞬間、旣に分離して居る、口にするが早いか呑込んで居る、忽然反對側に廻り、自己に返答をし、その效果を期待して居るのだ。私はスタングールの中にムーヴメント、熱火、鋭敏な反射作用、反潑的な調子、ディドローやボーマルシェに見る忠實なシニスム、更に此賞嘆すべきコメディアン達を見出すのだ。己を知ることは、己の歸趣を豫知することに過ぎない、歸趣を豫知して居ることは、役割を演ずることになるのだ。ベイルの心は舞臺なのだ。そして此作家の胸には、多くの俳優が存して居るのだ。彼の作品はその場の公衆を當込んだ文句に滿ちて居る。序言で、引幕の前で民衆に呼びかけて居、眼を瞬かせ、讀者に眄を送り、聽衆の中で彼が最も利口なので、彼は祕密を知り盡し、彼丈けがとゞのつまりを心得て居るのだと云ふことを納得させんと望んで居る。彼は言つてる「此處に居るのは、諸君と私だけなのだ」之はスタンダールの遺産として相應しいものだ。彼はその讀者に、讀者たることを誇らしめて居る。（未完）

速力に就て

ポール・モオラン
江口　清譯

此のエッセイは一九二九年に書かれたもので、モオランの藝術觀、社會觀、人生觀を、最もよく語つてゐると思はれます。近代文明の產物である速力を、我々の眼の前で解剖して、それを種々なる角度から眺めてゐるのです。限り無い魅惑を我々に與へる速力。それは果して我々に有益でありませうか？ スピート時代。其の反面に生ずる神經を苛立たせる噪音。更に視野を文學にのみ劃つても、テンポ、スティールの簡潔等、之等の造語の叫ばれる今日、何等かの指針を得られるとも思つて、敢て拙譯を試みました。尙、文中屢々引される姉崎正治氏の文は、Recent gains in american Civilization (ad. Rirby. P.) の中にある、同氏の Modern Civilization, A critical Evacuation より抜萃されたもので、わざゝゝ御指示下された同氏に對して、此處に厚く御禮を申しておきます。(譯者)

速力が問題になつてから一世紀も經つと云ふのに、現代人は未だに速力に馴染んでゐない樣である。それは要するに、速力が明瞭な簡單なものと思はれてゐたものだから、科學、藝術、情緒等の上からも、何等の考察無しに其の儘受け容れられて來たのだ。

——世界の進行を我々の思ふ儘に速め得られるなどと考へるのは、それは我々が未だ速力の性質を理解しないからである。何故なら速力は無秩序ではなくて、從はねばならぬ新しい秩序を持つてゐるから。

私は、これから一見平凡な此の言葉を驗べてみよう。

人々はさも私が速力の熱愛者であると思ひ込んでゐる。成程私が速力を愛してゐたのは事實だ。しかし段々と其の度は減じたのである。速力に對する理解の度を深めるに連れて、私は、速力が常に刺戟物では無くして、同時にそれは我々を疲れさせる侵蝕性酸性の如きもので、もし其の性質を理解しないと、單に我々自身のみでは無く、我々と共に宇宙全般を滅す程の取り扱ひ難い爆發的危險性を孕んでゐることとさへ氣付いたのである。東洋の生活の遲々たるリズムを充分味つた私の小説の一人物の言に依れば、

――速力の裡には逆ふ可からざる、亦禁斷された或るものがあるのだ。悲劇的の美とでも云ふのか、必要だが實に呪ふべき量り識られざる結果を有つものがある。其處から喜悅も倦怠も、富も貧も生じ、それから又多くの欺瞞、要求、事變、苦痛、新しい絶望等も生ずるのだ。

速力を尊重することは、進歩の鋒頭から生れる。アメリカでは此の兩者を切り離して考へることは出來ない。to progress は卽ち前進を意味する。所が諸君も御承知の通り、進歩に對する崇拜熱は西洋の特質を示す一つであるではないか。東京帝國大學の教授である姉崎正治氏は次の如く述べてゐる。

――進歩の條件は活動性である。其の同伴者は自由であり、シムボルは電氣、表現は速力である。印度人は驚くべき速さを識つてゐる。それは mano-java と云ふて、一瞬間に全宇宙を駈け廻る觀念上の速力である。勿論それは單なる理想に過ぎないが……速力は僅かな努力の作用である。

我々は、倦怠と困難を取り除く爲に、出來る丈速やかに爲さんが爲に、機械なるものを發明したのだ。――勿論、これが近代文明の一缺點であると云へばそれ迄の話だが、――斯くて閑暇は征服され、人々は閑暇に耽る代りに、それを一層働く爲に捧げた。云ひ換へれば過剩生產の爲に捧げたのである。これこそ人類の、餘りに人間的である例の「我々は或るものを得る代りに、一面にはきつと失はねばならぬ或るものがある。」の現れである。自然の惡魔的な思ふ壺にうまくはまつたわけさ。――動力の響は、人類の生存に伴ふ低音《バス》だ。動力は速力だ。そして速力は過剩生產を產んだ。――

ゴビノオ(フランスの外交官、十九世紀の人。人類不平等論なる著あり。)は「各人種は、各々異るが如く、創造主の前では全く不平等である。黑い血と白い血の區別を設けるものは、其處に一つの尺度があるからだ。故に高等人種にとつては、混血と云ふのは眞實の自殺を意味するのではないか」とさへ極言してゐる。

それなら、人々を親近させる實際上の便宜を除いて、何が此の混血を惹起せしめるのか。鐵道網、電線の下に土地を挾める交通機關、强ひて云へば、機械卽ち速力を除いて何に歸着せしめるか？　飛行機のレコードが立てられる毎に、人々は嘆息するだらう。「おお、土地ばかりだ！」と。尙よりよく云へば、マリタン（カトリツクの僧侶）が云つた樣に、「唯、時だけだ！」と。

今日の旅行者の話を聽いて見給へ。それは旅行ではなくて、遠乘りと云へやう。私は、これを説明するに相應《ふさは》しい二三ケ月前の新聞を開いて看ることにする。

クロード・ブランシヤール氏に依る歐羅巴横斷の空中旅行。此の記事には我々の眼前に髣髴させる樣に現々と、各國それぞれ異る人種、風俗が述べられてある。其處には如何に簡單な言葉を以つて、著者がロシアを去つてプラーグに到着する間の詳細を、空中遙かより我々に物語るかを讀み給へ。「朝、あの可愛らしいロシアを過ぎたと思つたら、今では丁度劇場の燈が新たなパノラマの上に煌いてゐる。パチ〳〵とする間に、もうチエツコ・スロバキヤだ。」

ドリユー・ラ・ロシエル（現代の人、有名な「ニユーヨークか、モスクヴか」の著者）は「ジエネーブかモスクヴか」の中で云つてゐる。

――今では祖國の時代は終つた。何故なら、總ゆる土地を駈け廻つた速力は、今日迄通過に困難であつた地境の上にも堂々と水平線を敷いてしまつた、新しい視野が今迄のつまらない風景のスクリーンを粉みぢんに碎いてしまつたからだ。

○

實を云へば、我々は餘りに幼稚であつた。速力の慰みの珍らしさに有頂天になつてゐた我々は、いまだに此の害のある幻術に氣が付かない。恰も「不思議な國のアリス」の中の赤い女王の樣に、「もつと早く、もつと早く走れ」と叫んでゐたのだ。これ等は永續さるべきだらうか？　傍觀してゐるうちに我々は漸次この過度の速力に慣れ、まるで中毒に懸つた樣に、次第に藥品が入用になる。ところが又この藥品の領分內でも迅速は同じく浸徹した。三文賣藥、往時の瞑想式、鴉片魔睡劑に取つて代つて、コカイン、ヘロイン等が壓倒的に產出されるのだ。

我々は新奇の乘物で出發する度每に、こんな風に考へるだらう。「計量器の指針が一度でもいいから時速百キロメートルの所へ達したなら、私はすつかり満足なのだが。」と。　しかし此の望が達せられて、しかも此の驚くべき時速を何回も感じた後には、もう我々は少しも滿足を味ふことは出來ないだらう。想望した極限がやがて達せられると、それは直ちに單調な步行狀態になつて了ふ。

速力に對する魅力の中には、アリヤン族を他の種族の上に、又アリヤン族自身の內部に於ても互ひに他に勝れようとする願望がある。それは、又一方人類を眩惑する愕ろしい刺戟でもあるのだ。これは未だ文明にならない黑色人種に於てのみではなく、從來不活潑と見做されてゐた黃色人種に迄及んでゐるのだ。「現代のアジヤでは、僧侶でさへが一時間九拾キロの自動車で駈け廻つてゐる。」と日本の一學者は云ふ。

見給へ。都市の充滿と農村の荒廢を。何人と雖も孤獨や過剩に堪へることは出來ない。强ひて云へば、過剩は我々に激昂を與へ、激昂から生ずる速力は我々にとつて下劑の役目を果して吳れる。

ブュホン（十八世紀に於けるフランスの有名なる自然學者）の云ふ「動物の速力は、不活潑に對して使用される力の現れにしか過ぎない。」を眞實とするならば、現今の人々の諸努力は、上述の重荷に打ち勝つ爲に使用されてゐると云へやう。速力！　これこそ最近の、最も現代的な力の形式である。現實の權力の確定は、地域ではなくて鐵道である。ムツソリニーが法王に、鐵道權を與へて國土を附與しなかつたのも全然理由の無いことでもあるまい。

速力に對する迷信は、死を怖れる一つの現れである。この點よりしても、西洋の唯物主義者の誤謬は、やがて滅びるのであらう。

然るに、機械は少しでも生命を延ばさうとし、人々は出來る限り經驗を踏んで、より以上人生を豐富にしようと欲してゐる。迅速に生きろ！　それは與へられた運命を欺くことであり、數回生きることであるのだ。

マルセル・プレボスト氏は、其の著「Citroen の旅行」の中で次の樣に述べてゐる。

――我々の一生の中には、全く我々に不必要な時間がある。例へば、列車を待つたり、答の無い電話を掛けたり、くだらぬ演說を聽いたり、控帳がありさへすれば直ちに判明する日附や、氏名住所を徒らに憶ひ出そうとしたりすることで、之等人生の斷片は實にだらしのないものである。それらは假死の狀態に過ぎない。故に現代に於ける速力は、此の假死の時間を縮少し滅滅させようと試みて、死に反抗するわけなのである。

定められた生命の下で、人生に於ける收獲をより以上豐富にするのは、それは適切に時を征服することあでり、生命を延ばすことであり、一に生命の創造でもあるのだ。

○

然るに人々は反對するであらう。何故なら、死は不活動を意味し、生は活動でなくてはならぬ。何處から此の偉大なる速力は偉大なる生命であると云ふ結論が生じるのだと。

一友人は私にこんなことを云つて寄した。——重い麻布製の小梱や錢箱を抱へて、元氣無く田舍へ旅立つた昔の休暇を想ひ起して御覽なさい。それこそロシエルへ出掛けた時、まるで歩兵の樣だ！　と叫んだセヴィニエ夫人(十七世紀の女流作家)に同感しないわけにはゆかないでしよう。所が、今日ではどうですか。私の少さな車のお蔭で、一月は海へ、一月はフランス島へ、一月は南方フランスへ、一月はイタリーへ行けるではありませんか。つまり私は昔に較べると、四倍の休暇を有つてゐることになるのです。そうだ。我々は前世紀の人々より四倍の活動時間を有つてゐるのだ。しかし、それは內輪に見積つての四倍ではないのか？費用の低減がある樣に、快樂の減少を來たしはしないのか？

遊動性は現代生活に於ける不安定なる主義である。現代にのみ個有なる放浪性。それは金錢及び精神の流動であり、速力の寵兒を意味する。故に、何故貴方はこんなに旅行なさるのですか、と問はれたら、それは地球が旅行出來る樣になつてゐるからだ、と答へるよりは仕方がないだらう。

我々にとつて、自動車で馳け廻ることが政治革命の興味にとつて代つた、と云ふことはよく云はれてゐる。前者は空間に對する返報であり、後者は時間に對する報復である。姉崎正治氏は右のことに就いて次の如く述べてゐる。

——速力に對する惑溺は、革命精神のあらはれであり、靜止と活動との爭の一段楷である。習慣の無氣力、種族の繼承、社會の傳統などは速力に反對して働き掛ける。此の點から、我々の短氣や焦燥の渦卷や逆流が起きるのだ。

カテリイヌ・マイオー氏は印度に關する著書の中で、イギリス人が波羅門の娘達にホツケーを敎へるのに如何に骨折つたかを述べてゐる。印度に於ては上層階級に屬するものは駈け廻つてはならないものだと云つて、彼女達は中々肯んじないのである。此の物語のうらには、速力即ちデモクラシーと云ふ意味がかくされてゐるのだ。今し方私が述べた様に、進歩の観念と活動の觀念とは結合してゐるのだが、此の活動の觀念は、デモクラシーの母胎たる文藝復興時代から初めて世人の心に芽生へたものではあるまいか。だから、それは完全に、不活動であつた中世紀の觀念に對抗するのである。

波羅門に關し多くの注意を換起せしめたボナアール氏は、意志を定義して「諸機關に依つて奉任された智識」と云つた。かやうに、機械の諸現象に於けるが如く、速力の諸現象の中に於ても諸機關は知識を授けようと試みる。それに依つて、初めて知識は懞かに驚かされたのだ。

前世紀の諸發明は未だに我々の胸を打つものがある。オエルシュテツトが一八二〇年九月拾一日に、かの新發明である電磁氣、卽ち磁氣と電氣の一致をパリーで發表するや、一週間經つた其の月の拾八日にはアンペールが電氣力學の理論を發表したではないか。電流の相互作用に氣付くには僅か數週間で充分だつたのである。電磁氣應用の電信が發明されるには數週間で、動廻線の上に地球の磁氣が作用し始めたのである。それから相次いで、筒線輪、應用電磁氣……等の發明があつたのだ。

それからの一世紀を世界は如何に過したであらうか？　舊い道德法則に依り、且つ辛ふじて得られた社會の諸原則に從つて壓しつけられ、時代を有する傳統に依つて、或ひは遲々たる進步を爲す諸習慣に壓しつけられ乍ら、此の驚くべき進步は諸學者の手になつたのである。

エミール・ルドウイツヒは云ふ。「歐羅巴の精神は嶄新な技術に依つて今正に危機に陷ち入らんとしてゐる。歐羅巴の王室では、乘物として自動車を採用する迄には數年間を要した。オーストリー、ハンガリーのフランソア・チョゼフ老皇帝は、決して自動車を使用しなかつたし、機械を利用して文字を書かなかつたし、電話さへ使用しなかつた。だから諸皇族の市へ凱旋したときには、四頭立ての馬車におさまつてゐた。勿論葬式を自動車でしたといふ例はほとんど稀だつた。」ルドウイツヒ氏は尙も續ける。「ラスキンはつまらぬ馬車鐵道に反抗する意味で、四頭立て四輪馬車で英國を旅行したではないか？　落ち付いてゆるゆる見物したがるフランス人や諸外國人の爲にフランス國內の馬車旅行化を企てた結社があるではないか？」

成程あるとすれば、結構なことである。しかし、やはりルドウイツヒ氏の言葉は間違つてゐると私は思ふ。少くもフランスに於ては斯かることは絕對に無い。

もし此の舊制度を再興したものがあるとするなら、それはイギリスに於てである。卽ち、自分達の速力に對する惑溺に、やや倦怠を覺えたアメリカの旅行者連を喜ばす爲に、ロンドン・ブリグトン間の四頭立四輪馬車の古い道程が開かれたのである。

○

アメリカ人は、速力は殆んど眞善美に匹適するものと思つてゐる。「アメリカ風」に、と云ふ表現法は、我々にとつては速力、不愉快、空威張の混合を意味する。それは速く成された物事は粗雜であると云ふ考へが、深く歐羅巴人の頭に泌み込んでゐるからである。

ルドウイツヒは又述べてゐる。

――速力、それを通して、我々が物を見、亦物がそれを通して我々を動かす、此の速力なるものは、正確な觀察には有害である。我々が、新しく考へ出された事物をば、唯良く、そして速く、と要求するのは、要するにごく皮相な思想を要求するに過ぎない。

非常な速力で展開する場面の連續を提供するシネマは、今日速力が現世紀の新らたな神になつたと云ふことを最もよく我々に示して呉れる。ゲーデはかつて Vélo-ciferique（往時の快走乘合馬車）の將來に就いて語つた時、現代に就いても豫言した。音響と刺戟の迅速すぎる連續に就いては、實に用心すべきだ。一世紀以前には新聞は一週に二三回しか出なかつた。ゲーテは愕るべき今日を豫想して、一日に三回も新聞の出ることを書いてゐる。

實際、我々は昔に於いて、最も速いと云はれてゐた Vélo-ciferiques の時代を實現したのだ。

アメリカには二千萬の自動車がある。子供達は自轉車のハンドルやオートバイの座席の中で遊んでゐる。學校へ通ふのにもフオードだ。ビツクの中で結婚し、パツカードに乘つて埋葬地へ行く。

もう一度舊歐羅巴を振り返つて、如何なる點で速力が我々の生活狀態に變化を與へたか觀察しよう。諸君は一晝夜で大西洋を横斷した記事を讀んだらう。しかし此の愕くべき事實を承認し、かつて私が「新しい一つの幣害」と呼んだこの速力の統整に支配されながら、この速力によつて自分等の情熱の滿たされたことを幾人の人々が承認し得るだらうか。

我々は、過去の古臭い諸器具、騎馬、帆船、とろ火を使ふ料理法、禮儀さへも、次々と只むやみに投げ捨てることを忙いだ。大都會に生活してゐる者は誰だつて今時墓場へ死人を埋める爲に徒歩で見送つたり、其の傍でお通夜をしたり、食事を採つたりするものか。舊世界を我々と引離し、龜裂を生ぜしめるのは此の速力である。卽ち、昔の建築家は建物の基礎工事をなし、それを氣性の烈しい今日の技師の手に委ねて上部建築を成さしめたのである。自然すらも、其の驚くべき創造は、實に遲々たる歩みに依るのだ。生れて間もない赤坊は、貳拾年も經たねば一人前に成長しないのと同じ理屈である。發生期、孵化狀態の變化に就ては、不思議な程迄に速められたスクリーンを觀る感を與へるのだが。

又シネマに於ても、大戰以前のフイルムの撮影法を觀て、我々は充分今昔の隔りに氣付くだらう。今我々が舊幣な裾捌きの惡いグロテスクな衣裳や、ありきたりの表情法である古臭い身振りに接したなら、それこそ大笑ひだ。一八八〇年の婦人は貳拾貳揃の衣裳を持つてゐたものだが、一九二九年の婦人にとつては夏なぞは三着も衣裳があれば充分事足りる。或る者は貳拾分每に着替し、人に依れば貳拾貳秒每に衣裳を取り替へるそうである。

文學に關してもシネマと同じ樣なことが云はれる。「何時の世も、戀愛には變りはない。此の情ばかりは永遠に」と云つた先輩の言葉を驗べてみよう。次に、ポール・ブールヂェの四拾年前頃に書かれた或る誘惑の一敍影を拔萃してみる。

——リユツクシヤール家の茶の間。茶注ぎの傍らには、ランプの火影が靜かに搖れてゐる。デェスブル夫人ジヤンネは獨りぽつねんと物想ひに耽つてゐる。卅そこその、金髮の、優しい黑眼の女だ。暫くして化粧室へ入つた彼女は、あちこち歩きながら、時々小型の腕時計を氣にするのだ。「五時、もうやがてあの人も來るに違ひない。何て云ふかしら！　此の前此處で會つた時から、そう、もう十五月になるのに、一年以上も音沙汰無しに、急にパリへ歸つて了つて、突然會ひたいと云ふ。何か變つたことでもあつたのぢやないかしら、どうしたのだらう、又もとのようになつて吳れとでも云ふのではないかしら！」と彼女は唯《ひた》すら想に耽るのである。「そう、それに違ひない。私の視る眼に間違ひはない。何だかいいしらせがある樣な氣もする。」車が止つた。彼女ははつと我に還つた。……ベルが二つ續けざまに鳴つた……「あの人だ！」彼女は强ひて心を靜める爲に長椅子に腰掛けた。其の傍のテーブルの上には、値打のある容器や密畫の嗅ぎ煙草入や、彫琢のある壺、陶器の類が置かれてある。彼女は金銀で鏤めた絹で掩はれてゐる臺から靜かに本を取り上げた。扉が開いて、家僕がラウル・ガルニエ氏を案內してきた。氏は卅五位の物腰の柔い男らしいきりつとした容貌の持主である。歲として早過ぎる半白の髮の毛、しつかりした眼付、顏全體が如何にも烈しい惱みを現してゐる。感動のあまり彼はつゝとデェスブル夫人に近寄ると、手に接吻して、唯一言消え入る樣に、マダムと云つた。

現代に戾つて、モンテルランの Les Onze devant la Porte Dorée を開いてみよう。

——だが、私は今時分貴方がおいで下さるとは思ひませんでした。ああ、何んと云ふ喜びでしょう！　私には、貴方が私から受けた様々な變化の色が、ありくとあなたの顔色でわかります。もう此の上は何も云ふことなんてないでしよう！　貴女は唯そうだと云へばいいのです。そうすれば總べては片付いて了ふのです。

――あの一件さへ御承知ならね！……

――それはもう萬事大丈夫ですよ。無論責任は私が負ひます。もう私は嬉しさで一ばいで、何んと云つていいかわかりません。

――どうして貴方は百米離れてラツサルを狙擊するのです！

――貴方は、もし私がラツサルを倒したなら二人は月曜日に再び會ほうと云ひましたね、だが、ラツサルさへ倒して了つたら何も月曜日迄待つ必要もないでしよう。日曜日の其の晩お目にかかりましよう。貴女は私を愛してゐるのです。もう貴女は私のものです。どんなことがあつても、私は爲しとげずにはおきません。

過去の音樂としてスタンダールの女主人公のエルネスティーヌの云ふことを聽こう。「私は戀の誕生迄に七つの段階をはつきり見分けられる樣な氣がする。」

現代の戀人は決してこんな空蹙に捕へられてはゐない。それは恰も拳闘者の如き態度である。

ルイス、――我々の間にはもうわだかまりなんてないのでしよう！　そうぢやないんですか？

イレーヌ、――おや、そうなんですか？

ルイス、――と、私は感じたのですがね。

其處にはスポーツと速力に倒つて生じた新たな精神上の節操がある。

――彼は女の手首を握つた。「いえ、いけません、そんなことをしては！」と彼女は自ら腕を心持揚げて避けたのである。

タルテイユフに對して身を護つたエルビールを想ひ出してみよう。

――何んだつて貴方はそんなに速く歩かれるのです！　心の優しさが消え去るではございませんか？

フイリツプ・スウポーに至つては戀愛のリズムは一層早められるのである。「心の優しさが消え去る」と云ふ表現は彼の場合にあつては、それほど重大ではない。

――タクシーは家の前で停つた。ちよつと氣が差したが、彼は自動車賃を拂ふと、モードと腕を組んで、風の樣に兩人は内へ入つた。自分の帽子やステツキを投げ出すと、彼はまるで命令する樣な素振りでモードの帽子や外套を脫ぐのに手を貸した。一言も云はないで彼女の肩を抱へて大忙ぎで部屋に入つた時、驚ろいたことには、もう陽が部屋に差しかけてゐた。ジユリアンは盲目で想であつた。それで彼は其の思惑を恐れてゐるのだ。彼はモードの部屋着を取つて遣つた。彼女は靜かに云つた。「夫は七時にフツケで妾を待つてゐるんですよ。」彼は返事もせずに、彼女の身に纏ふてゐたものを抱きしめてゐた。陽は烈しく窓から流れて來た。……モードが口を開こうとした時、ジユリアンは掩ひかぶせる樣に云つた。「未だ六時卅五分だよ。」

今日では、戀愛に於ても時間は大きな役目を勤めてゐる。

現代の戀人たる者は決して手紙の遣り取りなぞはしない。その代り電話を掛けたり電報を打つたりする。彼等がお互ひに面と向つて話をするのさへ稀な位である。だから舞臺の上の濡事の場面が、現代人たる我々にとつては、如何にも冗長に、造りものらしく思はれるのだ。イギリスでも、アメリカでも、戀愛には自動車が用ひられる。

友情にあつても、例へば、一度はあれ程迄オロントに傷けられたアルセストも、オロントの心からの愛に動かされて忽ち堅い友情が結ばれたのだ。其の時、アルセストは「友情は神秘以上のものを求める。」と答へてゐる。それは時間を少し超越してゐると云ふ意味である。

我々は無に對しては時間をさかない。同時に亦 Putsch（騷動）と呼ばれるたぐひの革命、つまりアフリカ西岸を數時間吹きまくる風のやうな革命には時間をさかないのだ。

アングロサクソンの文學の中で、十九世紀から貳拾世紀に掛けて、春に關する同じ題材がどの位あるか驗べてみよう。ウアーヅウオースはそれを千貳百語も使つてゐる。テニソンは八百語、ロバアト・ブロオニングはあの有名な「おお、イングランドに春はおとづれた」の句を百拾六も用ひてゐる。アメリカ詩人中の寵兒である、イ・イ・カミングは昨年は、春のおとづれを七拾一語書いてゐる。

○

藝術は速力の影響を享ける。

我々に必要な傑作は、電光石火の如きものだ「春の成聖式」は三日も續かない。僅かに貳拾分である。現代の勝れた畫家は一日に三枚の畫を描く。二百頁以上に亘る明日の小說は單なる時間潰しにしか過ぎぬだらう。冗長なものは總べて讀むにも堪へねば、演ずるにも堪へない、生動せぬものとされてしまふ。

速力は想像の再新をも齎す。次の如き熟語が現代では何の役に立つであらうか。

Ventre à terre（地面に腹ばつて）と云ふ意味より、à bride abattue. sans débrider（二つ共、馬の轡を取り外して走る）と云ふ意より、Courir la poste（驛馬で走つたこと）より、皆恐く速く走る意味で使用されてはゐるが、如何にも實感を伴はないちぐはぐな感があるではないか。

造型の分野にあつても、先ず素描、略描の勝利である。しかし此處に注意することは、文學に於て速力と簡潔を混同してはならぬことである。

くれぐれも私は、速力が輕々しく取り扱はれることを恐れる。

近代科學は、アインスタインの相對性に關する三頁の論文と、五頁の電磁氣と重力に關する新たな報告に依つて、根本から覆へされたではないか？　勿論それ等を發見するには拾年掛つたと云ふが。

文章の形式も、よく云ふ電信的と云はれる程迄に縮められ精練された。一句に對する批難を招くことから離れても、現代の作家には其の一句が甚だ貴重である。だからそれに對しては充分な注意を拂はねばならぬ。

それは力の經濟法則でもある。冗長な時代にあつては爲すべき何物もなかつた。自分等の土地が敵に侵害されたシャンパニュ州の人々は銃を執つて叫んだ。(凱旋門迄前進だ！）此の光景に註譯を附したのがマルセユー人だ。（行け！　我が同胞よ、光榮の日は我等の手にあるのだ！）

○

しかし乍ら、純粹な速力は藝術をも發達させると考へてゐる藝術家連は何と間違つてゐることだらう。彼等達こそ先づ第一の犧牲なのだ。これら藝術家が祝福してゐる速力なるものこそ、世界各國が現に進展しつつある種々なる步みとは全く逆のものである。世界中に行はれてゐる速力とは、最も步みの遲い思想や國々の、最も進步してゐる國へ迫ひ付かうとしてゐる傾向を云ふのだ。或ひは明日には北京とニューヨークとの、アムステルダムと南洋のタイス島との差別が無くなるであらう。速力は氣候の關係や社會還境に影響された古臭い理論なぞをも滅亡させる。

色彩の並置、コンポジションの困亂を爲した立體派《キユビスム》、同時派《シイミユルタネイズム》等は、既に大戰以前にあつた。其の上もう何等の新機軸をも豫期しなかつたのに、大戰後にソヴイエツト藝術が、一九一三年には伊太利未來派の混合が生じたのだ。確かに、速力は形式を破壞する。

一時間三百哩の風景を觀て、我々の頭にどんな印象が殘るか？　否、何もありはしない。第一回、第二回のプランは除去するとしても、第三回以上は寫眞そのものが崩壞して了ふ。我々の視力は、少しも視ることの出來ぬ砲彈の飛んでゆくのに興味を感じはしないだらう。運動力は進路を變へるのではなくて、それ等を亡して了ふのだ。地面は變化を失ふ。空中から視ると眼下にはポプラも栗の樹も何もありはしない。其處には唯漫然と樹木があるばかりだ。

又速力は色彩をも滅して了ふ。廻轉機を出來る丈早く廻して觀給へ。總べての色彩は灰色となつて了ふではないか！　現代の繪畫を見給へ。灰色、淡綠灰色、鼠色、それにブラツク、ピカソ、ジヤン・グリ、ドラン、ブラマンク、又、水雷艇や裝甲列車や硝子屋根の色彩、先ず之等の畫家は急行列車に乘つても、幸ひにも何等藝術上には影響を受けなかつた人々である。

私は前に東洋に關する所で、速力がデエクラシーに影響を及すと云つたが、非常に大なる速力は特に個人性を滅す共產主義に似てゐる。我々は象徵の時代に在る。速力は、新たな綜合の下に、絕へざる想像の連續に依つて我々の精神を慣らして了ふのだ。社會學者は此の事を喜ぶかも知れないが藝術家は恐らく困るに違ひない。藝術家は貴族主義者である。藝術家は最も緩やかに仕事を爲てゆく者である。

此處にジヤクエミイル・ブランシユの現代の耽美主義者に對して爲されたユーモアに富んだ記述がある。

――彼の忍耐の足らぬが爲めに、五分以上續く作品を批評すると恐しく神經質に、又苛立たしくなるのである。我々としても演說を聽く場合なぞには非常に性急になり勝ちだ。何物も長く續くものはありはしない。夫婦生活にしろ一年も經てば倦怠を覺えるだらう。それ程あらゆるものは速力を持つてゐるのである。

貴方達は、ベトーベンの交響樂を、オペラを、四幕ものの演劇を聽いてどんな氣がしますか？

每日非常に忙しく生活してゐた私の一知人は、近代の工業こそ眞の詩的形式を造るものだと云つてゐるが、彼が四拾に成つた時、私にこんなことを云つた。

――ああ、私も老ひ込んだものだ。實に今迄には樣々な事件があつたものさ。今では革命だとか死だとか、其の他人々の欲するものは總て馬鹿にして還らう。私はこんなものは五年間で經驗したのだ。これからはもう何ものにも愕くものか。

死を征服する新しい方法。此の速力の享樂に耽るのは、確かに我々文明の一特長である。

アメリカの作家は、此の我々の焦慮、不安を示すに最も相應しい言葉を發見した。それは time-snobs と云ふ。時流を追ひ驅ける人間といふ意である。

しかしアメリカ人は、此の速力のお蔭で心身共にすつかり害はれて了つたのだ。神經質(Nervous)、健康の衰耗(Break-down)、神經衰弱(Mental collapse)等の彼等の語彙に徴しても判明するとほり、早死や自殺の如何に多いことか? 砂上に寢轉んで果實を喰べ、殆んど沈默を守つてゐる樣な野蠻人はどうであらうか? 休息を取つて養生に心掛けてゐるのはニューヨークの銀行業者位のものだらう。自然の遲々たる歩みに對して、アメリカ人は機械を以つて其の緩慢を責めたのである。スポーツ精神! 機械は全く彼等の偶像とさへなつたのだ。機械は決して勇氣を挫かない。それは常に熱狂する怪物である。恰もPythie(デルフのポロ神の巫女)の如く、彼等は未來を豫言しそして形造る。

私は、それ等の事柄は、アメリカ人の感動し易い性質から來てゐるかどうかは知らない。とにかく現今のヤンキー連は、どうしても現在の狀態に滿足してゐるのは不可能であるらしい。

非常に適切にアメリカを批評したイギリスの新進作家であるベヴアリー・ニコルス氏はそれに關して次の如く述べてゐる。

——親愛なるアメリカ人は樣々の感動をはつきり經驗した。彼等はバイロン卿とレアンドル(神話中の人物。戀人ヘロに逢ふ爲にヘレスポン海峽を泳いで渡るのだが、遂ひに嵐に遭つて溺れて了ふ。)の憶ひ出深いヘレスポン海峽(現今ではダーダネルス海峽と云ふ。バルカン半島と土耳古との間にあり。)を泳いで渡つた。又あの有名なマラトンとアテネ間を走つたり、時間空間を離れて往時の遺物を發見する爲に Taj Mahal(アガラの近傍に聳立する墓)の頂上に登つてみたりする。歷史は必ずしもポムパドール夫人(ルイ十五世の寵を受け七年戰爭を始めとして、種々國事に關與した)の寢床に横つてゐるかどうかは判らないが……。

イギリス人のある者に至つては、極くありふれた經驗しか好まない。だからイギリスではアメリカ人の著書が餘り賣れないのだ。イギリスでは、非常な感動すべき事件に觸れても、それに共鳴することが出來ない。そんなことをしようものなら、時に依ると恥を搔く場合さへある。私はアメリカ人に尋ねてみよう。

——貴方は、どうして靜かにしてゐることが出來ないのですか? 一體、どうして山嶽さへ見れば、どんなことをしても突破せずにはおくものか、と云ふ様な氣が起るのですか？　貴方は又、印度の草原を穩やかにしておいてやることが出來ないのですか？　何んだつて又、自分を脅すかどうか驗べる爲に、一度は波間に揉まれてみなくては大洋を眺めることが出來ないのですか？

（これを聞いた、親愛なるアメリカ人の眼は活々と輝き、御婦人方には少々迷惑かも知れない程の荒々しい表情で答へるのだ。）

――それは、常に或るものがそうさせるのです。それは何だかはつきり分りません。どうしてもそうせずにはゐられぬのです。私は靜かにお話しが出來ません。落ち付いて思索に耽ることも出來ません。休息すらも不可能なのです。

私は遠廻しに彼のことを云つて遣らう。

――つまり、それが、貴方の惱んでゐる瘰癧なんぢやないのですか？

アメリカ人は、それに答へて、

――そう、私の裡には何か在る様な氣がします。だが、恐らく貴方には判りますまい。と云ふのは、貴方はよく若いアメリカを御存知ないから……

――でも、こんな風に續けて行つたら、貴方の軀はたまりませんよ！

――或ひはそうかも知れませんが……

アメリカこそ、世界中で最も速力を好む國なのである。それが、つまり若者に好かれ、老人に嫌はれる理由である。

速力を産出するに大いに力ある他の要素は猶太人の要素である。迅速なる體力智力、遺傳的隱遁の反射運動、集團移動の趣好、野營的生活、總べての猶太人を Tobio（ネフタイル族に屬する猶太人。自分と同宗の人々に對しては同情に富み、愛情を示した。）に變ぜしめる抽象論よりの逃避癖、及び經濟的恐慌を好む風習等、之等の特性の持主である猶太人は、常に賣買勘定に眼を付けてゐる無免許株式仲買人であつて、其の上アメリカ全體に行はれてゐた韻律を一變させて、ストツク、エクスチエンヂ株式取引所の波を全國に及したのである。

ニユーヨークに於いては、猶太人の比類の無い掛聲が、戰場の勝敗、飛行場の光景、リユナ・パークの繁榮に對して擧げられたのだ。ニユーヨーク！　其處には晝の様な夜の生活、享樂と勞働――それは彼等の生活力以上のものである。――に依り生ずる疲勞と速力、其處には確かに人類の未だ氣の付かぬ命題が提出されてゐる。一般に人々が信じてゐる様に、ドルへの競爭、黄金目掛けての突進は必ずしも常に行はれてはゐない。財産を集めるのにも忙しく、又散らすのにも忙しいのはアメリカ人である。

今日では人々は、大陸全體が以上述べた様な速力の影響を受けてゐることに氣が付き始めたが——此の發見迄には心理解剖が興つて力あつたが——それは彼等が自分自身に爲したことであり、金錢以上に自分自身の中に速力を求め、無意識の裡に惱める問題を避け、復雜な隱されたものから遠ざからうと試みた結果である。

逃避癖！　特に私をして一層其の感を深からしめるのは、進歩しつつある文明ではなくて、眼前の光景の蔭にある眼に看えぬものに就いてである。

○

私はかつて、モンテルランに云つて遣つた。「速力を伴はない光榮も喜びもない」と。然るに恐らく、「慾望の泉」の表題に、「彼等の氣味の惡い忍耐。」と云つたことなぞは忘れたのであらう。彼は、私が勝手に速力に熱狂してゐるのだと、堂々と私を攻撃して來た。此の彼の觀察は、多分彼が屢々東洋を訪問したこと、——其處では貧しい人々が齷齪してゐるのに、一向平氣でゆつたり生活してゐる若干の上層階級の人がゐる。——から來てゐるのだらう。

彼は次の様に確心を以つて云つてゐる。

——速力の普遍化と、それに伴ふ競爭の激烈とに依つて、最も緩慢なものが最もデリケートなものである時代が、やがて來るには違ひない。

私もそれには心から同意する。だから昨年「生きてゐる佛陀」の中でも私は書いたのだ。

——本當の意味の贅澤、つまり誰も犠牲にならうとはしないこと、それは要するに時間を利得することである。

諸君も氣付かれるとほり、所謂新興思想である、アングロサクソン族に植えられた新キリスト教、瑜珈派、吠檀多派、新日義、フランスに於ける新トーミズム等は、純粹に速力とは反對の立場にある。

尚其の外にも速力に反對する例は幾等でもある。ボオル・スーディ氏（此の場合反動の役目を勤めてゐる。）は、「考慮すべきもの、それは唯速力あるのみだ。」と書いたマック・オルランを譴責して云ふ。

——動力を、我々の進み行く道を示す光明であると思ひ込んではならない。それは勿論すべての物質は仕事を爲すのに必要であるには違ひないが……

——Mercure は商業の神でもあり、亦速力の神でもあるから、同時に、恐らく株式取引所の鞘取を發明したものだと云つて差しつかへはないだらう。

——しかし、何より注意すべきことは、思索は加速度を必要としない。それどころか、我々は閑暇を求めて、ゆつくり思索に耽る事が必要なのである。

スーデイ氏以前にもボアローの有名な言葉がある。

——お調子者の速力を煽動するな。

速力は、慥かに身心を弱める。神經學者は速力は著者にのみ必要な要素であることを切言してゐる。迅速なる時代は若者の爲にのみあるのだ。老職工は傳統的の仕事にしか就くことが出來ない。アメリカ人の調査に依ると、生產能率の減少は四拾才以上の者に多く現れることが判るし、合衆國最近の統計は、今後四拾五歲以上の勞働者は工場から追ひ出した方が好果があると云ふ標準を示してゐる。

我々は物を量る尺度を持たない。我々には早く步くのと、最大の速力を出來る丈出して步くのとの區別が付かない。常により以上のレコードを造らんと欲し、其の反面それに連れて病的發作が現れるのである。總ゆるスポーツ精神の不思議な幻術は實に不合理である。と云ふわけは、絕へざる機械の進步は、次々と新たな問題を生ぜしめるからだ。新レコード〳〵と叫んでも、それは單に前に在つたレコードを破つた證據にしか過ぎない。間もなくそれも次の新なレコードに破られる時があるだらう。斯くて全く果てしないものである。今日、地球の上を一秒間に百〇參メートル走ると云つたとて、明日はこんな遲いものと云ふて笑ふに違ひない。流星の走るのを觀て、貴方達は之に對抗するものがないと思ふことが出來ますか？　私は此の冬、世界的選手であるシロンに、印度遠征の歸途に於いて會つた時、一時間に三百哩走れるかどうか尋ねてみた。彼は非常に驚いて、それは少し無謀ですと云つた。競技者の間でさへ、速力は、まるで子供を扱ふ樣に競技者連を打ち倒す恐れを生じた程、最も正確な烈しい一つの氣流のやうなものになつてしまつたのだ。非常に强い力は極端なる弱さと常に結び付いてゐる。

○

諸君は、私が速力を賞讃すると思はれてゐただらうが、以上述べたところに依ると反對に、勿論絶對的の意味ではないが、速力に對する警告を與へたのだ。私は、二三の批評の様に新な出現に對して目を掩ふ様な眞似はしたくないし、又、ティエールの如く、電信は物理學の愛好者のお慰みだとか「鐵道の將來は識れ切つてゐる。つまり車輪は少しも進まずに唯徒らに光るばかりだらう」と議政壇上で叫んで物笑ひの種になる様なことはしない考だ。

私は速力に注意を傾け、速力に對して自己の力を試みようと思ふのだ。そして速力を征服せねばならぬ。姉崎氏は次の如く述べてゐる。

――電話、電信、ラヂヲ等が行はれる様になつた。交通機關は不安な位迄に發達した。が、どんなことを一體我々は傳達し合ふのだらうか？ 株式取引所の景氣、フツトボールの試合の結果、住居の模様位のものだらう。人々は、此の近代科學の與へた驚くべき進歩に堪へることが出來るだらうか？ 恐らく其の力を扱ふのに參つて了やしないのか？ 科學はそんなことは一向お構ひなしに進んで行く。要するに人々が、此の新しい力をうまく利用出來る程しつかりしてゐればよいのだが……我々は等しく人類であつて、其の外の何物でもない。我々がそんな怪物であつたら、それこそ恐怖の種である。

最後に私は、モツアルトの作品中のドンジュアンの上演に際して「これは餘り早過ぎますね。出來るならもう少し緩り演れないものですか」と云つた一婦人の言葉は本當の様に思はれる。此の言葉に注意しよう。そして我々の歩き振りに氣を付けよう。速いのはいいのだが、ものには程度がある筈だ。どうして、總べての權威に堪へられない癖に、何の考も無しに、速力の暴威の最後の日を待つてゐると云ふのか？我々は速力に對する新しい法則を作つておかう。それは我々の意志の如何に依る。クローデルは「行動に依る均勢の吟味」と書いた。財産の所有は虚無の感情を妨げはしない。宗教に就て考へても此の事は判明するだらう。道德の場合でも同じである。叡智は、直接第一次の變動あるプランを觀やうとはせずに、動かぬ遠くを眺めようと努力する。

速力は愛すべきだ。それは近代の特質なのだ。だが、常にそれには制限のあることを注意せねばならぬ。（完）

イーヴリン

ジエイムス・ジヨイス
根本鍾治 譯

彼女は窓際に坐つて夕闇につつまれてゆく並木道を見つめてゐた。窓掛に頬を寄せると埃つぽい更紗の匂ひが鼻にまつはる。彼女は疲れてゐた。

人通りは殆どない。端《はつ》れの家から出て來た男が歸りがけに其處を通り過ぎた。彼女はその足音がコンクリートの鋪道にコツコツと鳴り、それから新しい赤塗の家の前に敷きつめた石炭殻の道をざく／＼踏みしめてゆくのを聽いた。以前は其處に原つぱがあつて夕方にはいつも近所の子供達と一緒に遊んだものだつた。そのうちにベルフアストから越して來た人がその原つぱを買つて家をたてた。――其邊にあるちつぽけな茶色な家ではなく光つた屋根のついた明るい煉瓦造りの家だつた。並木路に添つた家の子供達はその原つぱで一緒に遊ぶ――デイヴアインもウオーターもダンも跛足のケーも彼女も、それから弟や妹も仲間だつた。けれどもアーネストはもう大きかつたから遊ばなかつた。――彼女の父は野茨の枝をもつて、原つぱへ探しに來たが、小さいケーがいつも見張つてゐて近付いてくると合圖をした。其頃彼女達は寧ろ幸福だつた。父親も其頃はそんなに惡くはなく、――母親もまだ達者だつた。それは隨分昔のことだ！　彼女も、弟や妹たちも、皆大きくなつた。ライツチイ・ダンは死んだ。――ウォーターー家はイングランドへ歸つて行つた。――何から何まで變つてしまつた。今、彼女はそれらの者たちと同じやうに、家を離れて遠くへ行かうとしてゐた。

家庭！　彼女は部屋を見廻して、永い年月の間一體この埃は何處から來るのだらうと怪しみながら一週一回づつはたきをかけたなじみの深い家具類を見直した。恐らく二度とこの親しみ深いものたちに會ふことは出來ないだらう。彼女はこれらのものから引はなされる日を夢にも考へたことはなかつた。そのくせ、今まで聖マアガレツト・メリー・アラコツクに願をかけた繪草紙と並んで毀れた風琴の上の壁にかかつてゐた黃色くなつた寫眞の牧師の名前を、ついぞ知らなかつた。牧師は父親の學校友達で誰か訪ねて來る人にそれを見せるとき、きまつたやうに「この人は今メルボルンに居ますよ」と彼の父親はつけ加へるのだつた。

彼女は家を捨てやうと心にきめた。それは賢明な方法だつたらうか？　彼女はこの問題の兩方の方面を考へてみた。家に居れば兎に角寢るにも食べるにも困りはしなかつた。周りの人達とも今迄通りにつき合つてゆける。勿論家庭と勤め先でひどく働かなければならなかつた。しかし男と駈落したことがわかつたら、――店の人達は何といふだらうか。大方馬鹿者だと言はれてその位置は誰か他の者に代へられるにきまつてゐる。ミス・カウアレは喜ぶに相違ない。いつも彼女につらく當つてゐたし、殊に人のきいてゐる處ではげしく意地惡くしたりしたから。

「ヒルさん、こちらのお客樣が待つてゐらつしやるぢやないの！」

「しつかりなさいよ、ヒルさん。」

彼女は店を離れても、恐らく淚を流しはしないだらう。

然し遠い見知らぬ國の新しい家庭では、さうは行くまい。其處で彼女は結婚する。（彼女の名前はイーヴリンといつた。）彼女は昔の母親のように扱はれたくはなかつた。十九の歳を越した今でさへ時には、父親の暴行に危險を感じさせることが度々あつた。彼女はそれが決心を鈍らせる原因であることを知つてゐた。子供達が大きくなるに從つて父親はハリィやアーネストを可愛がるほど彼女を可愛がつてはくれなかつた。それといふのは、女の兒だつたから。さうして後になつて彼はイーヴリンをひどくいぢめたりした。死んだ母親に氣の毒だからお前を育ててやるのだといふやうなことを言つたりした。これに對して彼女を庇つてくれるものは一人も居なかつた。アーネストは死んだし、敎會の裝飾屋をしてゐたハリイは始終田舍に出張してゐた。――そればかりではなかつた。土曜日の晩だといふのに、相變らずお金の問題でごたごたしてゐた。彼女はすつかり氣を腐らせてゐた。彼女は七志の賃銀を皆出した。ハリイも出來るだけ出したけれども、何とかしてこれを父親から取戾さうと苦心した。ハリイは彼女が經濟的な頭を持つてゐないから、無駄にお金を使つてしまふのだと云つた。折角骨を折つて稼いだお金を街でくだらなくまき散らされてはやりきれないから彼女にはちつともやらうとはしなかつた。おまけに土曜日の晩はいつも彼は工合が惡かつた。ごたごたした揚句ハリイは彼女にお金をやつて何か土曜の御馳走をこしらへてくれないかと賴むのだつた。それから彼女は材料を買出しに一生懸命かけづりまわつて、黑皮の銀貨入をしつかり手に握つたまま群集をその肱でおしわけて可成遲くなつてから手にあまる程の食料品を買ひ込んで來るのだつた。彼の女は斯うして臺所のひどい仕事をする傍ら、小さな弟達の學校へ行く世話、お辨當の世話までしてやらなければならなかつたのだ。ひどい仕事だ。――つらい生活だ。然し、それを捨ててしまふとなると、それは決していやな生活ではなかつた。

彼女はフランクと一緒に新しい生活を探し求めてゐた。フランクは親切で男らしくさつぱりしてゐた。彼女たちは晩の船で逃出して二人を待つてゐるブエノスアイレスの家で彼女は彼の妻として新しい生活の第一歩をふみ出すつもりだつた。彼を始めて見た日の印象をどうして忘れられやう。――フランクは彼女がよく訪ねる大通りの家に間借してゐた。それはほんの二三週間前の事のやうに思はれた。彼は門のところに立つてゐた。尖つた帽子をあみだにかぶつて、髪は日に焼けた額に落ちかかつてゐた。二人は知り合になつた。――それからいつも、夕方、店の外で一緒になつて家まで送つて呉れた。フランクは、彼女を連れてボヘミアン・ガールを見にいつた。劇場の慣れない椅子についた時は何とも言へぬ得意な氣がした。彼は恐ろしく音樂が好きで、少しばかり歌つた。人々は二人の人柄を知つてゐた。彼が水夫と可愛がる少女の歌を歌ひはじめると、彼女はうれしいやうなまた恥かしいような氣持がした。彼は戯れに彼女のことをポツプンと呼んだ。第一男が出來たのが嬉しかつた。それから彼女は彼を愛し始めた。フランクは遠い國々の物語をきかせてくれた。彼はカナダ行のアランラインの船に一ケ月、一ポンドでボーイに雇はれたのが始めだつた。彼は今迄に乘つた船の名や色々な役割について話した。彼はマゼラン海峡を航海した。恐ろしいパタゴニヤ土人の話をした。彼はブエノスアイレスに足をとめて、時々休暇を貰つて生れ故郷に歸つて來るのだと言つた。勿論父親は此のことをかぎつけて男に少しでも口をきくことを止めてしまつた。

「俺は水夫つてどんなもんだか知つてる」と彼は言つた。

或る日父親はフランクと喧嘩したのでそれからはこつそり逢ふより仕方がなかつた。

並木道に夕暮は深まつた。前かけの中に入れてゐる二つの手紙の白さがだんだんわからなくなつて來た。一つはハリイに。もう一つは父親にあてた手紙だつた。彼女はアーネストが好きだつたけれども、ハリイを嫌らつたわけではなかつた。父親は近頃めつきり齡をとつたので――彼女がゐなくなつたら寂しがるだらう。時々は彼も非常に優しかつた。つい先頃一日床についた時などは彼女のために怪談を讀んでくれたりパンを燒いてくれたりした。また或時はまだ母親の生きてゐる頃のことだつたが、ボースの丘へピクニツクに連れて行つてくれたりした。父親が母のボンネットを冠つて子供達を笑はせたことを、――彼女はよく憶えてゐた。

彼女の時間《とき》は馳けるやうに過ぎて行つたけれども彼女はいつまでも窓際に座つて、窓掛に頬を寄せたまゝ、埃つぽい更紗の匂を嗅いでゐた。並木道の遠くの方でオルガンを彈いてゐるのがきこえて來た。彼女はその曲を識つてゐた。不思議にもその曲は今晩に限つて、自分が死ぬまで家の面倒を見ますと、母親に誓つた。約束を思ひ出させた。母親の臨終の夜がまざ〳〵と眼の前に浮びあがつた。彼女は、再び狹くるしい暖い部屋の片隅に居て外の陰氣な伊太利の曲に耳をかたむけてゐた其の時の自分の姿を思ひ出した。――オルガン彈きは六ペースもらつて、あちらへいつて仕舞つた。父親は病室へもどつて來て怒鳴つた。

「糞ッ　伊太利人め、こんなところへ來やがつて。」

彼女は母親の肉體の上にせまつた臨終の慘めな生涯を幻に畫いた。――母親の生涯は何の奇もない犧牲的な、最後に狂氣で終つてゐる生涯だつた。彼女は母親がしきりに何かとりとめ無いことを口走るのをきいてぞつとした。

「デレヴアウン、セラウン、デレヴアウン、セラウン」

彼女は恐ろしさにおびえたやうにすつくと立ちあがつた。逃走！　どうしても逃げなければならない。フランクは救つてくれるだらう。彼は生命も愛も皆彼女に捧げる。さうして彼女は生きたかつたのだ。不幸で歎く必要が何處にあらう。彼女は幸福を享ける權利を持つてゐたのだ。フランクは兩腕で彼女を押へ、しつかり抱きしめて救ひ出してくれる。

……………………

彼女はノースウオールの岸壁の右往左往する群集の中に立つてゐた。フランクは彼女の手を握つた。彼女は彼が自分に話しかけ彼がこの航海に就いて繰返し繰返し云つてゐるのを知つてゐた。岸壁は茶色の行李を持つた兵士達で一ぱいになつてゐた。

上り口の廣い窓越に眞黑な船體がちらつと見えた。舷窓からは燈りが洩れて、岸壁に横付けになつてゐた。彼女は一言も答へなかつた。彼女は頰が蒼白く冷たくなるのを感じた。そしてどうしていゝかわからなくなつてしまつたので、神樣におすがりして自分の歩むべき道を示し、爲すべき義務を敎へ下さるように願つた。船の長い物悲しげな汽笛が霧の中に消えた。若しも彼女が行つたなら明日はフランクと一しよにブエノスアイレスを指して航海中であつたらう。切符はもう買つてあつた。これまで面倒みてくれたのに今更尻込みすることがどうして出來やう。彼女は苦しさに眩暈がした。彼女は聲をあげずに唇のみを動かして熱心に祈禱をさゝげた。

出帆のドラが彼女の心に強くひゞいた。彼女はフランクが手を握りしめたのを感じた。

「さあ」

世界中の海が彼女の心の周りで渦を卷いた。フランクは彼女を、その渦卷の中に引き込まうとした。彼は彼女をその中に溺らせやうとさへする。彼女は、鐵柵を兩手でしつかり握りしめた。

「さあおいで」

否《いや》！否！否！　それは不可能だつた。彼女は氣狂《きちがひ》のやうになつて、鐵柵を握りしめた。海の眞中で彼女は惱みの叫び聲をあげた。

「イーヴリン！　エヴイ！」

フランクは柵をのり越して彼女についてくるやうに――言つた。船の上からは早くのり込めと叫んでゐるのに彼は、まだ彼女の名を呼んでゐた。彼女は動けなくなつた動物のやうに、力なくその白い顔を彼の胸にうづめた。彼女の眼は、彼に對して愛も別離も表はしてゐなかつた。彼に抱かれてゐるのさへ氣づかない風だつた。（をはり）

スウボオのシナリオ

長いうめくような汽笛――擴がる海――焔――長いうめくような汽笛。飛行機の上から俯瞰した河――一滴の水――吹き寄せられた雲。

開いた手、それがだんだん大きくなる。

夜。はるか彼方にぼんやりした光。光は靜かに、ゆつくり同じ速さで近づいてくる。光はすこしづつ大きくなつて、遂にスクリーン一面を照す。スクリーンは眞白である。

光が進んでくる時に消防自動車のサイレンがきこえる。始めは遠く、次第に近く、やがて耳を聾するばかりになる。

焔がスクリーンの上で鬪ふ。眼に見えると同時に音さへもきこえる。

男が突然あらはれる。彼は椅子に腰をおろす。その椅子は今までわれわれの眼につかなかつたものである。彼は右を見たり左を見たりして叫ぶ。――今日だ。彼はたちあがつていつてしまふ。

前に見た手がもう一度あらはれる。手はコツプを取上げてたたきつける。管樂器（トロンボン）の長い音がワルツを奏しはじめる。同時に遠くの方で叫び聲がきこえる。

風がそよぎはじめる。風は樹木をゆりうごかして、月のまはりの雲を吹きはらふ。寒い。樂音（變二調）が十四回繰返される。やがてあらゆるものが動かなくなる――海。

鳥、空に數千羽の鳥。沈默。手、數千の手。鳥の囀り。一條の太い光が歌ひながら、水の中の泡のようにふわりと浮びあがる。

男があらはれる。四人、それから五人、また十人。手風琴工場の汽笛。怒號。たちまち、雲。

遂に水。海に近い河のほとりに雨が降つてゐる。雨の音がきこえる。

今度は女。彼女はカンテラを持つて何かしきりに探しまはつてゐる。彼女は聲をあげる――オオオオオッ！彼女は停車場へ來る。線路について長い間歩きつづける。鐵橋へ出る。信號。信號所。女は男のためにバスケツトをもつてくる。汽車が通過する――その響だけがきこえる。男はバスケツトから辨當を出してたべる。雨が窓ガラスを傳はつて滴り落ちる。

汽車は闇の中を走りつゞける。地平線に沿ふて滑つてゆくのが見える。その響がきこえる。

飛行機の上から俯瞰した大都會。マンドリンが奏でられる。眞晝。平凡な街並。廣小路。一人の少年が走つてゆく。われわれはその後に續いて走りながら或る工場の入口のところまで來る。そこでは機械の前で數千の手がぶんぶん廻つてゐる。それが急に止まる。街はどしや降りの雨。

（根本鐘治譯）

オネガアー論

アンドレ・クーロア

小壯音樂家逹が彼等の藝術價値を充分意識してゐる。と、云ふ事は正しい事であり、よい事であり、且又、さけ難い事である。だからこそ彼等の眞の藝術意圖が單獨で發見されたり舊形式の束縛から脫したりするのである。我々が幸福を極む時は漠然的であるが、彼等は音樂と云ふ形式で、粗けづりではあるが新らしいものを極む。人々はその新らしいものを野蠻（未完成）と呼ぶ。けれども斯うしたものは改新者の詩の樣に新らしいものではなくて、すでに百科辭書のなかに保存されてゐる……いはゞ、死亡した型であるかも分らない。と云ふのは、こうした形式が、シヤルル・ルイ・フイリツプだとか、ヂヨルヂユ・デイユアメエルだとか、又それ以外の人々等によつて盛に用ひられてゐるからだ。けれども今、我々は野蠻（未完成）と云ふ事について一言說明する事が必要である様に思はれる。一九一二年、新詩抜粋集と云ふ單行本をかいたギュスターヴ・ランソンはその序言で次の様に述べてゐる。「新形式の論文なんて云ふものは、これまでに存在した形式のうちの成功したものより一層つまらぬものである。それにもかゝはらず小壯家達はその新形式を發掘しようと努力する。全く困難な事である。そして、斯うした人達は大低、普通の技術ではあき足らなく思つて、傳統的表現形式の協力と云ふ事を見捨てゝ了ふ。――其傳統的表現形式のうちにこそ多くの無謬な反響がめざめて來るのであるが――。

こんな事は全く無理な事である。これを完成さすには、丁度、首が折れて了つてゐるにもかゝはらず目的地に到達しやう……と、云つた超人間的な才能が必要である。これまでの經驗によつて見ると、それは彼等があまりに無限の好奇心を持ちすぎてゐる爲である。

だから、不可能か可能かを識別せずに、藝術軌道のらつ外に飛び出るのも斯うした小壯家達である。

ギュースターヴ・ランソンの此言葉は決して間違つてはゐない。少壯音樂家が使用する形式のうちには、あまりに五月蠅く繰り返される事と、同じものが深耕されると云ふ癖が屢々見受けられる。その目的地點に達する迄は決して去らない。その希望を捨てない。けれどもある反面からながめると、斯うした事が一つの新形式の發見を齎すのである。――新形式と云つても、吟味すれば、これはすでに古典交響樂のなかに埋藏されてゐたかも分らないが――。

此新形式は二種に分類する事が出來る。その一つは、交響樂詩の様にやゝ倦怠を催させる。それは堅固な地盤を持つてゐないからである。他の新形式はドビュスイズムの様に、最も嶄新である。それは丁度、ある旅行者が來た道を引返さなくてもすむのに、たゞ、あまりの雜沓の爲、速に前進する事が出來ず、そこで地團太を踏むと云つた形に似てゐる。

若しもその旅行者が鮮明な個性を持つてゐたとすれば、その雜沓の巷をうまくきり抜ける。そして小徑もかん木さへもない未開の荒野原にたどりつく。そこに幻覺的な化物のともす遠火の様な不可解の新形式が群がつてゐるのである。

この荒野をオネガーは開拓したのである。

オネガーがこれを完成するに如何に困難であつたか？　それを彼がなした事が如何に價値があつたかと、云ふ事をどれ程道學者達が認めたか？……そんな事は私には必要ではないし、又、私の知らぬ事だ。たゞ、私には彼の信條によつて展開された意志をみる事だけが最も重要な事である。彼の信條……そこに、オネガーの原動力が藏されてゐるのである。オネガーは自由意志の人である。現代、まれに見る不撓けんごな意志を持つてゐる人である。彼の關係してゐるレヴィユ劇場ル・コックは小つぽけなものであるが、その宣傳ポスターに彼の名が刷られてある！と、云ふだけで興業價値滿點である。大衆もそれに充分の信用をおいてゐる。誰だつて此小壯音樂家の存在に熱情をもたぬものはなからう……それは戀愛的熱情ではない……と、云つて怒りを與へる嫌忌でもない。では、享樂的熱情か？ 否、藝術である。

この小さなレヴィユ劇場を人々はル・コツクと云はない。この小さな劇場の事を思ひ出すと先づオネガーの名が頭に浮んで來るのである。だから人々はこの小さなレヴィユ劇場をオネガーと云つてゐる。

オネガーの動作は非常に緩慢であつて、斯うした新形式に到達するにも、彼は決して一氣に事をやらなかつた。彼は斯うした幸福な占有權を先天的に持つてゐた。

彼の初期の作品は少しも獨創的なものではなかつた。躍進するために革新者がとる平凡な運命の當り籤は、多分の熱情を過去に縋らせて行くだけである。例へば彼の作品『ニガモンの歌』は力强く、豪壯であるし、『宇宙のたはむれの言葉』は海の鬼神を喚び起す樣に思はれる。けれどもこれらはシュトラウスやワグネルの偉大さと竝べる時、あまりに小さすぎる。この小壯音樂家に創造物はあくまで抵抗したのにもかゝはらず、それを完全に征服し、二人の樂聖がもつてゐたものゝうちから自分のものを見出した、と、云ふ斯うした傾向はスイス人を兩親としてハヴルで生れたオネガーの異常に不撓な性格がそうさしたのである。そしてその勝利は倨傲な勝利ではない。何故ならば、彼の性格は重々しく奧深かつたからだ。新形式の問題を研究してゐる時、彼の目には、その問題外は何ものもうつらなかつた。彼の友人がそこに居合せてゐても、その友人を少しも知らぬ……と云つた風を装ひ、終始そわ〳〵してゐて錯雜したまじめな態度を採つた。彼の視線に出會した人はオネガーが邪曲的人間であるとさへ思つたかも分らない。けれども、それは彼が懷疑主義者であるからだ。それが眞實の小壯音樂家のいつわらざる姿なのだ。

彼の作品のうちで最も傑作とされるのは何と云つても夏の牧歌である。

『純粹感覺的な傑作と云ふものは、表現から轉來した感覺である。』――と、ローラン・マニユエルは說明する。更に言葉を續けて『オネガーの此管絃樂的詩はたしかに古典に屬してゐる。何故なら、そこに形式と內容との僻除不可能が存在し、理智と感覺の從屬關係があるからである。人々は最初から如何なる繪畫的なそして感傷的な考察も、斯うした音樂の輕快な進行を促進させず、且又、緩慢にもさせない、と考へるがそれは間違つてゐる。オネガーは自分の個性にさへ妥協せずに最初から正確にこの唯一の手法を擇んでゐる。けれども彼の人並はづれた峻嚴と云ふ事が靑春の新鮮な聲を窒息させなかつたのであつた。彼は何事も眞面目にやつた。けれどもその眞面目はサント・アルメーンの音樂家が夏の黎明を抱擁した樣な優しい熱誠のこもつた眞面目である。この田園詩は朗かな總ての秩序と美を含んだ感動である。淸らかさはないかも分らないが、決して無味乾燥ではない。そして主題的努力が決してあらはれて居ない事である。オネガーの管絃樂はモツアルトの淳朴さ、ストラヴインスキイの鋭いきれる様な透明さが結合してゐる。』と、ローラン・マニュエルは云つてゐる。今後のオネガーの手法は一層大膽になり錯そうする傾向が見えてゐる。何故ならばオネガーは全く飾り氣のない音樂家であるからだ。彼はアルトの高雅なソナタの作品をつくるのに秀れたうでをもつてゐる様だ。彼は他の音樂家の様に諷刺と輕快さを持つてゐないかも分らないが、彼のバレ――『うそか？　まことか？』のうちには笑を含んだ優雅や、「エフエル塔の結婚」の悲痛な行進曲には彼のきさくな氣質がよくあらはれてゐる。今後の彼の作品は崇高なる藝術の頂《いたゞき》を探求する事が如何に價値あり且又、興味あるかを我々に敎へ、その頂《いたゞき》へ導き又は、そこから下へ降りる事が出來る山の中腹の様な他の總ての音樂に、我々は充分考察すべきである……と云ふ事を我々に敎示してくれる。

（若園清太郎譯）

ヂエルメエヌ・タイユフエルの一音樂に就て

（ル・ランバール・ダテエーヌ）

私の知る限りで、演劇に付けられた音樂といふものは、最もむづかしい問題の一つであつた。……………ポール・クローデルは「ル・ランパアル・ダテエーヌ」のために、その邪魔をする事無くテクストから離れて生きられることの出來る音樂を欲した。「ヂエルメエヌ・タイユフエル」の優しい敏感さがその驚くべき骨折りを果した。（そのことを吾々は賞讃し讃嘆する。）ポール・クロオデルはドラマチツクな動作が演じられる庭園に似た舞臺の中で、小鳥が一杯につまつて居る鳥籠や噴水のやうに、其の音樂がテクストを助けることを欲した。ヂエルメエヌ・タイユフエルの音樂は、其のテクストの外にあつて、その戯曲の縁《ふち》にそひながら生きる。それは作者のすべての企圖を總て完全に生かした。その音樂は彼等の協力がより親密に出てゐる愼しやかな暗示、蜜蜂の近づくを豫想させるための弱音詮をつけたヴイオロンセルのざわめきに依つて、更にクローデルの詩のそんなにも純粹なリリスムを助けてゐる明らかな長い ut（長音階の第一音。do）に終るクレサンド（漸次弱音）のその效果に依つて、偉れたことを示してゐる。（其處で登場人物たちが多くのフラーズを次から次へとくり返すところのクレサンドに依つて。）

（ダリユス・ミロオ、K・Y譯）

これはダリユス・ミロオの「ル・ランパアル・ダテエーヌ」批評の自由譯です。いづれ他日を期し、改めて飜譯し直したいと思ひます。

マックス・ジャコブ

詩人の家

彼は死んだ、妻と二人の子供が殘されてゐる。「老けたあの人の横顔を見たのはこの窓です。あゝ。戀愛結婚、勇氣、天稟の才！兩親はどれにも心から滿足だつたのです。」と未亡人の言葉。家は何人も間借人を變へた、一人の女は屋根裏でリンネルを張つてゐた。僕が何か尋ねると女は串談ばかり言つた。山犬が僕を脅かした、庭には萎れた薔薇の花が咲いてゐた。間借人がまた變つた、戸口の石段の上には瓦屋根があつた、そして皆なは庭で凍つた飲みものを飲んだ。詩人の家には何が起るのだらう？　多分何か犯罪……お前、可哀さうなお前は親友から裏切られるのだ……その外にお前の家に一體何を待つてゐるのか。

だんまり

凄じい鳴神の馬車の響が遠のいて、
ぽうんと西班牙の空に揚つた虹のボール。
色とりどりのゼラニユームのお化粧をした
敎會が、
おや、馬の尻尾の中に見える。

（本多信譯）

セルヂユ・フエラー

（ジャン・コクトオの自由譯）

1

ギヨオム・アポリネエル、セルヂエ・フエラー、この二つの名は僕達にとつてあまりに親しすぎるので今、又こうした紹仕を書く必要を僕は認めない。

現にフエラーの裝釘によつて出版された「マメル・ド・テイレジア」の詩人——ギイヨオム・アポリネール——に依つて書かれたよりすぐれたノートが既に出されて居り、又一九一二年彼によつて出版せられた「ソワレ・ド・パリー」といふ幾人かの手によつて書かれた評論集があり、その温かい抒情的な感じを稅關吏のルウソーやフアントーマ等が推賞の的とし、當時世界の容貌の上に變革を來たしたとまで言はれた事は既知の事である。

「ソワレ・ド・パリー」の筆者達の美への追求は詩の天使達と手をつなぎ、すつかり仲よしになつて、しまひには天使達も酒場のよごれたテーブルに肘をついてギターをかきならしたり、パイプをくゆらしたり、新聞をひろげるのを恥かしがらないやうになつた程であつた。

幾世紀もの時代色のついたもの以外には感服しないといふやうな鑑賞屋は別として、誰でも此の茶色の表紙に包まれた「ソワレ・ド・パリー」これを繙くときには何等かのショックを感じないだらうか。

どの一頁も、どの一つの挿畫も皆なすばらしい、だが今はこれも寂しい思ひ出の一つだ。流れる水、蒼空を映す湖、そのどれでもが見るものを美の根柢にまで引ずつてゆかずにはおかない此の集の中でピカソもデユランもマックス・ジヤコブも初めて顏をあはせた、此等の人々はものを見る古るい型を破壞し、そこに散らされた破片の中から新しいものを摑み出す方法を發見した。彼等の仕事はどこかライト兄弟が布と針金とで世界最初の飛行機の一つを造りあげた努力を思はせるものがないか。

此の時代に就いては僕は何等言ふべきものをもたない、否むしろ感謝しなければならない、彼フエラーは我々に新しいものの見方——即ち彼のもつ叡智に富む美しい魂がそれを我々に示した。

フエラーは今はまつたく孤獨の中に居る、彼等の仲間のあるものは既に石の下に眠り、又あるものは互ひにその獨自な道を切りひらいてその人の道にしたがつていつてしまつた。でもフエラーは依然として口すくなにおだやかな此の人が畫を描くのかと思はれるやうな靜かな生活をしてゐる。

僕が彼の――彼特有の畫法について云々するのは僭越であると思ふ、彼は立體派の主張に對しても相當の理解を持つて居りながら、今彼はそれに對して宙返りを試んとしてゐる、言葉を換へて言へば彼は今畫家としての使命をもつた眞實の彼自身への轉向をなすべき時期に立つてゐる。

彼は描くに先だつて智的な理想なぞといふものは持ちはしない、描いてゐてカンバスの上のそれが彼の魂にぴつたりと來る時それが彼の完成であり、理想であり、そこに彼は手を措く、だから彼の畫はそのまゝに彼の心臟であるといふ事が出來る。

フエラーは何等の流派にも屬しない、言へば孤立の彼である、彼の畫論といへば裸である事である、生ける心臟をカンバスの上に張りつける事である、生きる事である、愛する事である、愛する事、彼の愛が自然への愛なのか、ミューズへの愛なのか、そんな事は言ふをまたない、彼の愛はそのうちの一つに焦點をおくやうな小さなものではなかつた。彼の作品の特徴である霧で包まれた眞珠の光を見るやうな、もの柔かいあの雰圍氣がどこから生れ來るか、今理解出來ると思ふ。

ではそれは一體どういふ傾向なのかと問ひ返す人があるなら、その人は僕の言葉を理解してはゐないのだ。

彼セルヂエ・フエラーは何等傾向といふものをもたない、常に傾向の外にある、角度とか構へとかいふものを固定したものとして持つてゐはしない。光を描くに今日の太陽は何處にあるとたづねまはりはしない、彼は常にその光の中に彼自身をおいてゐる。

霧の中の眞珠――銀白色に表面はにぶりながら底にある輝かしいものを秘めた美、それはすきとほるやうな蒼さの中からあの銀白色の眞珠を生むといふ日本といふ國の神秘を思はせはしないか、又若し君が彼の描いた鳩の――それは素描にしかすぎないのだが――を素直な心で見守るなら、その兩翼のやはらかい線の流れに君の心をひそめるなら、鳩は君の心の中にそのやさしい啼音をきかせるだらう。

自然は都會人を信じない。樹に、牛に、林に消える白い道に話しかけてみるがいゝ、都會人は本當の答へを得られないだらう、田園人――農夫と都會人の間には深い溝が掘られてゐる。若し君が彼等農夫と互に眞實を語り合ひ度いならば先づ君の手に鍬を持つがよい。

ではこのロシヤ人は都會人だらうか、田園の人だらうか、先づ彼の僕等を魅し去るあの力は何だらうか、それは彼が田園に自然に自由に語り合へる間柄にあるといふ事だ、樹が、牛が、白い道が、散歩する彼に言葉をかける、すると彼も又歩みを止めて挨拶を返す彼である。そこにたゝずむで永く話しこむでしまふ彼である。そしてその會話が彼の作品の中から、スケツチの中から僕等の心臟をうつのだ。

若し君が彼の畫集を君の膝の上にひろげるなら、いつもはまるで異る世界である牛や馬や樹木までの呼吸をさへ感じてゐる君をそこに見出すだらう、そこには一匹の牝鹿がぢつと耳傾けて君の側にうづくまつてゐるでもあらう、いやその牝鹿はつひには君の掌の中にその親しげな頭を横たへて靜かな憩ひをさへ求めはしないか、そして君は今更に彼フェラーのなごやかな心に、豐かな愛に驚ろかされるだらう、そして感謝の氣持をさへ持ちはじめるだらう。いつか君の肩の上に素描のあの鳩がうまく中心をとりながら止つてゐるではないか、その大きな頰を君の頰にすりよせてゐるのは？　あゝ耳の長い驢馬さんだね。

僕がこれ以上彼の畫に就いて書くならば、それは結局彼の畫にしみをつけるに他ならない、いやもうすでに、丁度港町で通りかゝる船を指して次のやうにその子供に言つてきかせてゐる父親の愚かさを僕自身犯してゐるのかも知れない。
「ねえ、あそこにマストの三本ある船が見えるだらう、三本あるやつだ。あれが『三本マストの船』といふのだよ。」

II

ここでは――と言ふのはヴアローリー・プラスチッチ社から出される彼の畫集の序文に僕のノートが再錄されるに就いて最早多くの頁は殘されてはゐない。だが讀者へ彼の素晴しさを傳へるには充分であると思ふ。

とは言へ、此の少ない行數の中で僕は何をすればよいのか？　僕はとても近代批評主義といふものゝ形式には同意出來ない、それは正しい批判の位置をとほりこして感情の上に走つたり、かと思ふと技巧家の面黑い悲哀などといふものを振りまはす、それらの批判の前に此の素朴な飾氣のない、技巧たつぷり――などといふ事は夢にも知らない彼をおく事が出來るだらうか。

鉛筆を削る時、蕊を折らないやうにする爲めにそつと輕く出來るだけ輕く――僕は出來るだけ輕く彼にふれやうと思ふ。

發條《スプリング》がいつ一番強く卷かれてゐるか、それは畫家として詩人としての直觀がそれを知る。もう一まきすれば古い發條は切れてしまふ。その樣に僕がフェラーに就いてのノオトを書き續けるならば、僕の發條は切れてしまひ僕の最初の紹介は何物をも齎らさないことになる。だから、僕は新らしいスプリングを置かう。だが、それは僕に材料がなくなつたとか、フェラーが長いノオトに慣ひしないなどと想像してはいけない。若しさうしてよいならば、僕は幾時間でも彼への讃美を續けるだらう。見返す度ごとに、彼の畫の持つ異常に深い調和感は僕を驚かす。靜かに觀るべきものゝ前で雀のやうにさへづるのは一體どんな奴だ！　教會や牛や水の流れが靜かさを求めてゐる時、議論や會議を始めるのはどこの奴だ、くたばつてしまへ！

畫家とは圖案をしたり、デッサンを描いたり、劇場の衣裳を受持つたりすればそれで畫家でとほつてゆく、丁度レストランのオーケストラ・ボックスの中からジプシィ音樂家がヴアイオリン片手に步み出してテーブルの間を彈きまはるやうに、だがそれがほんとうの藝術家だらうか、極少數の藝術家だけがそれを疑ふ。

彼フェラーが「マメル・ド・テイレジヤ」を作つた時、キユビスト達は憤慨して宣言書を彼に送つた、――人は輿論を亂し、藝術を折衷するなどといふ事はもつての外の事である云々。アポリネールは橫を向いて笑つた。彼は天才の孤獨である事、藝術的驚異をもたらす才能の價値あるものである事を、誰よりも一番よく知つてゐたからである。キユーピズムはピカソである。(革命的法廷の愚劣さはパラードの時、既に彼(ピカソ)をも非難してゐた。)――劇場、眞の劇場といふのは、行爲によつて分離された「畫」の上にカーテンを揭げる事ではない。それは全體が――人物の動きが、背景が、一つのものゝ中に流れ込んでゐなければいけない。バックは全體として一の畫を構成するだらう、活動的な裝飾、それが俳優である。俳優と共に動かぬ衣裳は美くしい畫であつても、ひどく惡いデザインだ。「マメル・ド・テイレジア」に於けるフェラーは、畫としては額ぶちの中に入れておけない、壁には掛けられないものを示した。だが、一つの心を打つものがひそめられてゐた、美くしさが！

畫面の上では彼は一種の背景畫家とも見られる、が、然し畫家としての彼の位置は、彼の友なるピカソ及ブラックと共に並び稱される。又挿繪畫家として、古く羊皮紙に繪を描いた僧侶達の秘法を極めてゐるとまで言はれる。

デッサン畫家としてのフェラー、それは一枚の風景畫を見ればよい。僕は何と愉快にその中を散步する事だらう、此の喧騷の巷より如何にそこが靜かであり、僕を悅ばせてくれる事か、そこではにがり切つた「醜」の天使も、柔かな瞳をもつた「美」の天使も、その反目をやめてゐる。橋を渡らうか、收獲を山と積むだ馬車が來る。遠くの敎會の鐘が鳴る。どこかで牛の聲もする。感覺がぼかされてゆく。偽りが眞實に變る。

人は此の不思議に美くしい世界と、知的な宗敎とか神とか靈とかいふ概念だけでこしらへあげられた世界とを混同してはならない、それは眞實らしく見せかける欺瞞だ。フェラーの世界は偽りとまで見える美くしさ――眞實――だ。

人の心を魅惑する美よりも強い何ものがあるか？

「トリスタンとイゾルデ」は此の事を實證してゐる。そしてその爲めにこそ命を擲つたのではなかつたか。

フェラーの畫は僕を囚にしてしまつた、と言つて彼の畫が傳說の怪蛇のやうな怪力を持つてゐるといふのではない。そんなあばれまはるやうな彼ではない。僕は此の鐵の如き時代の中に彼の畫をどこに置かうか、僕は此のやはらかな羽交の下に、そつと靜かに彼の畫を置かう。

マックス・ジャコブは彼の詩集の中でフエラーに就いて次のやうに歌つてゐる。

「そこに、私の好きな眞珠の中に、デッサンが刻み込まれて……」

此の神秘的な詩の眞情を汲みとる爲めには我等の偉大なる詩人の水彩畫と共に彼セルジエ・フエラーの畫も又當然見ておかなければならないであらう。

（鳥海勇作）

ヘルクラノムの悲劇

關　義

……瞬間、僕は爆發した笑聲を聞いた。すると、何かしら僕は、身體がフアツト浮いたやうに思ふと、忽ち、一秒が非常に長い瞬間に思はれる不思議な速さで轉落して行つた。

ヱラスムス！　ヱラスムス！

酒倉？の入口にあつた、今のさつき見た古ぼけた木堅の像はやうやくヱラスムスであることを思ひだして僕は口にした。夕方の聖マリアの連禱のくりかへしや、青い空に二三羽の烏が飛んでゐる風景が何故かしら頭をかすめた。そして、それつきり僕は氣が遠くなつてしまつた。……

――僕はもともとラテン語得業生で、ある日、豚の皮カバンに、ヴイルジルやオラースやオビツドのラテン語の本と、僕の先生であるダリウス神父がナポリの田舍の僧院長にあてた紹介狀と、僕を、＊＊＊岬の突端に通ふ乘合馬車に乘せてその僧院へやつて來たのだ。

ヱラスムの遠い親戚だといふ鐵ぶちの眼鏡をかけた僧院長は大へん老ひこんでゐた。僕が、彼の古びた繪模樣のある扉をたゝくと長椅子にふかぶかと寢そべつて、オランダパイプをふかしてゐる彼は僕を、ものうげな眼で部屋に招じ入れた。

　僕が僕の師父ダリウス神父の紹介狀を見せると、煙りを吐く老人は僕の師父の最近の健康を尋ねたり、僕の目的を聞いたりしてゐたが、ブムブムと蜜蜂のとび廻る晝間なので、ともすれば、ドメニコ派の僧院長はパイプを落して寢入りこんでしまひさうであつた。


　僕はセピア色にすゝけた壁が海に向いて窓を持ち、折々、山毛欅が風にふかれて窓外にゆれる部屋を與て貰つて、僧院長に貰つた、エラスムスの像を机に置いて（エラスムスは十六世記のオランダ人で、ラテン語の天才です。僕は彼をどんなにうらやみ、あこがれたものか！　彼はローマ人の如くに話し、書いたのです。）リユクレースを開き、オビツドを閉ざしてランプの下で時を過ごすに飽かなかつたのだ。

　それなのに、何故僕は、あんな男達と知り合ひになつたものか？　奴等は、アナアキストの革命家だ。或る日の夕方、僕は、村道のマカロニ屋で、酒を呑んだのだ。すると、彼等がゐたのだ。僕等はもつと上等な葡萄酒が呑みたかつた。彼等の一人が云つた。

　――酒倉にやギリシヤの古葡萄酒がたくさん埋まつてるぜ！

　――よし、
　僕はそんなことをいふと、フラフラと立ち上つて（も早、僕はよつぱらつてゐたから）僕は何故か見たやうな木彫の像を側によせると、そこは眞くらな四角い酒倉の入口であつた。僕はすると、僕のことを見てゐた、太つたマカロニ屋の女房の顔が何かしら氣になつた。そして、僕は下へおりて行つた。それからさつきの話になる。

僕の氣がついたのは餘程たつてからであらう、縞目のある大理石で（手ざはりで見ると）かこまれた四角い石倉の底に僕がゐるのだ。餘程の高さがあるらしく、見當はつきかねたが僕は最初登つて見ようと努力したのだ。又、どこか石のゆるみでもあつて、そこから、どこかへ通ずる道がありはしまひかと、イライラとねずみのやうにかけめぐつたが、それも亦益のない業であつた。

あゝ！　何故僕は、こんな目にあつたのであらうか？　僕の古典語の本よ！　海つばめよ！　僧院の庭のゑにしだよ！　日のあたる村道よ！　僕は生きたミイラとなつて、夜も晝も區別のない縞目のある大理石の棺の中に、衒學であり、貴族趣味である僕は、奴等の益のない手段から、いつそ、必要のない人間として、早すぎた埋葬をされてしまつたのであらうか？　僕は焦躁につかれて、ぐつたりと壁を脊にして坐りこんでしまつた。一方、僕は亦考へた、こいつは夢ではあるまいかと。一眠りすれば、僕は自分で僧院の固いわらぶとんに身を横えてゐるんだと。何にしろ、ちよつと呑みすぎた。そこで僕は眠るために横になつた。

……どれ位、眠つたものか？　眼を開くと僕は失望した、僕は依然としてミイラのやうに石の棺に横になつてゐた。けれど、何だか僕は、今度はどこかへ自分の體をブツツければ、外に出られるやうな氣がするので、右側の二番目の石をさぐると思ひきり、僕は僕をブツツけて見た。すると、果して！　ガラスのやうにそこの所がやぶれて、僕は投げだされたやうに時の外にはみだしてしまつた。そして、二三度、僕は身體が廻轉したと思ふと、何か、苔のむした石の塀によりかゝつて今、僕がとびだして來た穴を僕は見てゐるのだ。フラフラする頭で、そこを見つめてゐると、穴？　そこは何か遠い森の木の間に見える空のやうであつた。氣がつくと、今は、野いばらの盛りで白い花がもり上る程に咲いてゐて、蜜蜂がブムブムと花に吸ひついてゐる。ひどく、あたりの様子がのどかなので、しばしば僕はボンやりしてしまつた。僕はそこから飛びだして來たのかしら？　腕や身體に野茨のとげでかききづが出來てゐた。さうして、その上、僕はいつか裸になつてゐた。どこか、そこは街はづれでもあるらしく、片側は苔のむした白い大理石の垣があつて、僕は圖らずもそんな所にゐるのであつた。こゝは一體どこなのかしら？　僕は裸であるのが大へん氣羞しかつたが止むを得ず立ち上つた。うす青い月の明るさで、街を照らしてゐる光が、僕のはだか身を白々とさらすのだ。一丁も大理石の垣に沿ふて行くと、椎と野茨はなくなつて、目の前に、コリント風を取り入れた、ヴイラ風の建物が竝んでゐる、繪で見たことのある古代ローマの街が展開された。僕は思はず裸であるのも忘れて、その奇異な街の情景に見入つてしまつた。それに亦、人は一人も見あたらない。僕は廢都の氣味惡さを感じてウス寒くなつた。どこなんだ一體こゝは？

ふつと、横を見ると、垣が切れて、青銅の門がある家があつた。中に、コリント風の柱に青い花をつけた薔薇と、蔦がからんでゐて、

IGNATIVS

なるラテン文字を現した木の机がぶらさがつてゐるのに氣がついた。僕はこの空のない街？（實際青空はないのだ。模糊としてゐて低いのであるか高いのであるか解らない。そのくせ、どこから、この青白い月の光がやつてくるのだ？）は最早、生きてゐるんでなくて、地下に眠つてゐるのであらうか？　苔のむした石が庭の隅や部屋の中に人の形をして横はつてゐるのではあるまいかとひどく不安になつてしまつた。然し、僕は試みに門のくゞりを押してみた。家の入口の壁に、一羽の鳥が畫かれてゐた。僕の眠つてしまつた、頭腦にやうやくそれが、文藝復興期の畫家達が研究したあのポンペイの壁畫の種類ではないかと思はれた。僕はとりまく餘りの靜かさに、何か、この畫かれた鳥が物を言ひはしまひかと、氣味惡くなり始めた時、僕はふと、笛の音？どうも、今のさつき？　落ちて來た地の上で聞いたこ

とのない音色が聞えたやうに思えて、思はず、鳥の畵を見ると、心もち、鳥が首をうごかしたやうに思えた。僕は叫びたかつた。恐怖が僕をしめつけて、それをさせない。あゝ！　何の因果で、僕はこんな夢の續きを見てゐるのか？

僕は思ひきつて、扉を押して中へ入つて見た。すると、爐が切つてあつて、今しも、香のけむりがユラユラと、ヴエスタ神の立像の前に立ちのぼつてゐた。

僕は肌さむくなつた。人が生きてゐる！　然も古代ローマ時代の都市のやうに。入口につゞく次の部屋の窓邊に一人の男が、繪で見た黑檀のアベナ（笛の一種）を持つて寢椅子に長々と寢そべつてゐる。僕を見ると、その男が云つた。

――海が見える！

素ばらしい立派な發音のラテン語で。アベナを持つて右の手で窓を指し示してゐる。僕はだまつて近づくと窓を見た。すると、本當だ海が見える、繪ではないのかしら？　今しも一艘のミオパロネン（戰爭の船）が青々と木のしげる島の片影に姿を消さうとしてゐる。僕はかつて、時計の文字枚の上にこんな風景を見たことがあるが。

――一體こゝはどこのなのだ？

――ヘルクラノムだ

僕のつぶやくラテンの言葉に、トオガ（ローマ人の着た上着）をまとつた彼が答えた。本當なのであらうか？　こゝがヘルクラノムだとは？　あのキケロが、

Procul Negotis

すべての生業《なりはい》より遠き街！

と叫んだ。さうして、ネロのお母さんが好んだ、セネカやクロヂウス・ピュルケールやカルピニウス・ピゾが文藝

批評や歴史を綴るために隠生した美しいヴィラの街、ポンペイの姉妹の都市ヘルクラノムなのであらうか?

——いかにも!

その男は云つた。さうして、畫を描き、詩を作るためかくも美しいラテンの華の都市ヘルクラノムに住み得る權利を持つ一市民であると彼は答えた。畫かきであるが故に! 僕はため息をしてうらやむだ。然も、その男は云つた。

——どこから來たのだ?

——酒場の穴倉からまつさかさまに! それから後は夢となつた。

それを聞くと彼は又、僕に云ふのだ。

——君は、あの昔の詩人が歌つた東方の蕃人ではないのか? インダス河の向ふに住む。

僕は、今までの出來ごとを話さねばならなかつた、さうして僕が流行おくれのラテン語得業生であることを。彼はすると、呑氣さうに、半分解つた僕の言葉を聞いて? バカバカしく大きな聲で笑ひながらいふのだ。

——よし、それなら酒壺へ落ちて來た君とキケロの酒場へ呑みに行くんだ。

——え?

——キケロは俺の友達だ。

アントニウスに首を切られたキケロではないのかしらと思ひながら、彼のラテン語の發音が古代ローマ語であるのを注意してゐた。それから、僕に出して呉れた、彼のトオガをまとひ、サンダルをはいた。

僕はイグナチウスの馬鹿げて大きい夜服に足をからまれながら、それでも、もう、ローマ人になりきつてしまつたやうな氣持で彼のあとをついて出かけて行つた。僕のやうな男にとつてはローマ人でもギリシヤ人にでも或ひは神様にだつてなれるだらう。何故つて、僕は空に浮く雲みたいにたよりないからだ。けれども、そんな風な生れつきであるために、何といふ幸せを僕は持つことが出來たのだ。ローマ人になりおはせ、生きたラテン語をあやつり、世界で最も美しいと云はれた、僕がかつて本で見て、行つて見たいと願つた、無い街であるヘルクラノムへ來ることが出來たといふのは。

街に出ると、僕はビツクリしてしまつた、何故と云つて、僕が、コワゴワ、こゝにたどりついた時は、人が一人も見えなかつたのに、クロンボの奴隷に擔はせたレクテイカ（寢持子かご）へ乘つた婦人や、彫像のやうなローマの青年達がイグナチウスのやうにトオガーマを着た男たちが街の廣場へ一せいに歩いて行つた。何故僕が來た人が見えなかつたのかをイグナチウスにきくと――お前が來た時は夜明であつたからさ。と答えて吳れた。

――何があるんですつて？　イグナチウスよ。

――ウエルギリウスの詩學の講議が廣場であるのだ。

――ウエルギリ？

僕は思はずヴイルジルの詩學の講議があると聞いてかけだして行かうとした。イグナチウスはすると人の惡い微笑を浮べて云つた。

――あとでキケロの所へ來るよ。

僕たちはフオロム（廣場）を横ぎつて、少し行くと、やがて、一匹の魚と杯を畫いてある木の看板のぶらさがつてゐる、Cicero-Orator、などの文字も加へた一軒の家の前に出た。そこが、ローマの大雄辨家、祖國の父と呼ばれたキケロの家であつた。僕たちが入つて行くと、ヘルクラノムに住む人たちの習慣の一つである、窓から外をのぞいてゐた、かのキケロがふりむいた、あゝ！　あの男ではないか、僕が幾度か好んで見た胸像ソツクリなキケロその男が鼻の頭にイボをつけて、きたないトオガを着て、僕たちを迎ひ入れた。畫かきのイグナチウスは彼に僕を紹介するのだ。

——酒場の穴食から、まつしぐらに、ギリシヤの古葡萄酒を呑みに來た男で、今日から、俺の友達さ。

見れば、キケロはじめな風つきをしてゐる。

Procul Nogotiis !

と叫んだ彼が酒をひさいで、鳥の肝を燒き、油じみたトオガをまとひ、おゝ何と、ふざけたヘルクラノムの支那料理人! たしかに以前、僕は讀んだことがある、ヘルクラノムの悲劇といふ本を。本當だ、キケロがさういふ生業をいなむといふ以上、ヘルクラノムの悲劇がなくて何だらう?

そのうち、イグナチウスの友達の詩人や畫かきがやつて來た。セネカ、テイト・リブス、など、それから、ナポリを愛した最もイグナチウスの輕蔑してゐるセザアル家の御用詩人ヴイとヂルが今しも詩學の講議を終えてやつて來た。あゝ!僕の最も愛好する詩人!

僕はイグナチウスによつて皆んなに紹介された、僕のためにヘルクラノムへやつて來た小さな祝宴がもよほされた。イメツト山の蜜蜂がかせぐ蜜をなめて、ギリシヤの古葡萄酒を呑んで、サツフオを論じ、英雄詩の創生者ステジコオルについて語り、やがて、オピツドのメタモルフオズの三百三十九番の詩の韻が五分の一程かたむく音をだしてゐるのは殘念であるなどゝ話題が少し醉つて來た。

又、皆んな詩を讀み合つた。僕も心おぼえのはちすの歌を讀んだ。

Altæ Autamni

Floruent

In horto tui

Pulchere

——詩人、詩人、彼は詩人だぞ！

僕の好きなゴール人のカデュルなどは隅の方にゐて、しきりと手を打つてほめてくれた。すると、僕の詩の長さの合はないことから仲間のうちの爭ひになつて、しまひには、あゝ、神々だつて酒を呑めば喧嘩をするんだ。しまひには皆んな立ち上つて、皿を投げたり杯をなげたり、その皿の一つにキケロは不幸にも鼻をうたれて目を廻したり、とうとう何も解らず誰も彼もつかみ合ひを初めてしまつた。

僕はこうして、ヘルクラノムの市民となりすまし、畫かきのイグナチウスの厄介となり、朝のうちは繪の具を造るのに、むくの實やくちなしの實をつぶして、午からは、酒のみのカイウス・バレリウス・カチリウスの許にギリシヤ詩の講議を聞きに出かけた。何故かといふのに、もうこゝではヴイルヂルは仲間うちにあまり評判が香しくなかつたから。それにしても、僕が長すぎず、大きすぎないトオガをまとひ、足に合つたサンダルをはいてたにしても、ヘルクラノムの悲劇、どうやら、つまりは僕の心の悲劇のくりかへしを毎日見てゐたのだ。何と僕は、あの古い本にヴェスビイオの灰にうずもれたヘルクラノムは美しい悲劇であつたいふことを書いてあるのを讀んだことか？

この頃、フオロムで昔、クメイの街から移り住んだ星占ひがシビランの魔法書をひもどいて、街は、我等の光ならぬ太陽の光がさし、我等は苔むした土くれとなり、地上にさらされねばならなくなると叫んでゐた。僕がカチリウスの詩學の講議の歸りに、それを聞いて、イグナチウスに告げると、彼はフヽンと肩をゆすつた。

——ステジコオル詩の講議でも聞かせろ。と云つた。彼は僕をモデルに北方野蕃人とアポロ神なる壁畫を描くわけであつた。さうして、相變らず、クピクロにころがつて、笛を吹き、僕がキケロの酒場によれば、キケロはいつも、憂欝に空？ ばかりながめてゐる。僕はクメイの占ひたちのいふことが本當であれと、いつそいのるのだ。實存の古代の都市よ、亡びてしまへ！ 全く物語りの中にしか物語りはないのだから。

僕等はキケロの酒場へ集まつた。あのクメイの占者たちが云ふことが實際かどうかといふことで。

チイト・リブスは歴史的見地から、信じ難い所と論じ、キケロは長い辨論をもつて讃成し、詩人や畫かきの連中も信じ難い所に讃成をした。イグナチウスは最後に立つて云つた。

――さうかも知れない、けれども、俺たちは既に死んでゐるんだからなあ、土くれになつた所で大した變りはあるまい。それに、この理想家（何故か僕を指して）が思ふやうに早く歴史になつてしまつた方が宜いかも知れない。

僕はそれを聞いてゐてゾツとしてしまつた。僕は既に死んでしまつてゐるのだ！ 然し、僕はむしろイゲナチウスの云ふやうに、あえて土くれとなるのをのぞむのだ。キケロが酒をひさぎ、鳥の肝を燒き、大詩人ヴイルジルの詩學はあまりはやらなくて、ひどい貧乏をしてゐやうといふ。あゝ、何故、ヘルクラノムは灰にうずもれたまゝにはならなかつたのか？ 早く苔むした死體となれ！

僕はひとりで、キケロの酒場を拔けだすとフオロムを横ぎつて街を歩きに出かけた。フオロムにはクメイの占者をとりまいて、ギリシヤの女神のやうな婦人たちが戰いてゐる。美しい女たちを見ると、さすがに、幾分の名殘を惜まれた。氣のせいか空が何となく重さうに見えてならない。僕はいつか、僕のこの街に現はれた森の近くに來てゐた。森の中には、蜜蜂を造るのに、ヴイルジルの田園詩にある通り、牛を骨も肉も一しよに皮の上から丸だゝきにした奴が投げだされてあつて、あぶが立ち騒いでゐた。遠く、羊を追ふ角笛が聞えて來て、僕は悲しみにとざされて大理石の垣を脊にして坐りこんでしまつた。

やがて今、僕は僕の不思議な旅路をいつかは見るかも知れない諸君の爲に最後の筆を走らせることに決心した。僕のやうな東洋人が何の偶然か知らないけれど、西歐の古典にうずもれて、ヘルクラノムの最後の日居た人々と同じやうに苔むした死體となつて、諸君の目の前にさらされるのは怖れない。

一九二七年、イタリアの執政官ベニト・ムツソリーニ氏は多くの學者に約束した如く五千萬リラの大金を投じて、ヘルクラノム市發堀を始めたのです。

或る日、心のない一工夫のふるふ一ふりの鶴はしはヘルクラノムの埋まれた街の空?の上に穴を開けた。ヘルクラノムの街には二千年目に再び太陽の光が降り、苔むした、人の形をした土くれや可成りの著書が發見されました。右の著書もその一つとされてゐますが、右は又たくみなラテン語で綴つた何者かの思わく仕事であるといふ話もあります。

メランヂュ

プルウストに就てのクロッキ

マリイ・シエイケビッチ

プルウストは奇蹟のやうに立ち現れます。長い間彼は部屋から一歩も外へ出ないことがあります。病氣だつたり、仕事の錯雑した網の目をくゞつたりしてゐるのです。すると不意にセレストの靜かな聲が電話口でこんな風に私をよびます。

──プロウストが今晩伺ひたいと申しておりますがお差支はないでせうか？

時間きつちりにプルウストは現れます。ダブダブの長い上衣に毛糸のチヨツキ絹ハンカチをブラ下げてゐるのです。

──こんな不躾な服裝を御許し下さい。風をひくと困るものですから──何とかして昔の身體になりたいと思ふのです。近頃は亦痩せましてれ──こんなこと下らないことですれ。貴女のことを何か話して下さいませんか。

彼はいつも肱掛椅子に深深と埋つてしまふのです。動かない、蒼白な、表情の深い顏、皮肉や憂欝や陽氣が彼を見る人の心に映ります。彼の口をついて出る言葉はごく不規則です。一節毎にピンピンと鳴りひびくのですがかと思ふと笑ひ出して皮肉な唇を曲げちまふんです。お次は沈默、呟き、博學な引證や意表にでる比喩や、ひよいと括弧に入れて光彩陸離たる一語を吐いたりするのです。言外にあふれる言葉の腹藪はただ親しく聽く人々にのみ許された特權です。

しかし、感情がこみあがつて森の聖者のマスクをかなぐりすてますと、ご覽なさい。目は情熱に光ります、時には不躾な程むき出しな質問をあびせかけます、會話は空中に飛び上り、彼は發止とその主題を荒鷲のやうにつかみ出すのです。彼の話はうねりを打つて長い曲線を縫ひはぢめます、驚くべき强記や才能で古い昔の人達をもありありとそこへ蘇み返らせてしまふのです。彼は貴方にお世辭を使ひます。ずい分途方もないお世辭だゝ貴方はお思ひになるでせうが、それを言ふ彼があんまり臆病で謙遜だもんですから、つい貴方は彼を安心させてやりたいと思ひつくのです。

一九一二年の九月の一夜でした。澤山のお友達と一緒に──ガストン・カルメットもゐました──カブールの遊び場へ這入りますと、プルウストが白光に照し出されて消え去るやうに蹌踉とさまよつてゐるのを見つけました。暑氣にもかかはらず重い上張をきて羊毛の胴衣をいくつもいくつものぞかせてゐました。その頃彼は、はぢめて髭をたくはへてゐたのです。

私はプルウストをつかまへて遮二無二ガストン・コルメットのところへ引つ張つてゆきました。コルメットの鼻目鏡はヒガロの主筆なんです。この男は皮肉やで溫和しくて冷いほど冷靜です。人とたくさん約束を結んできつと約束を果します。コルメットはプルウストに興奮劑をこんな風に注入してくれました。

──貴方の近頃の作品は大成功でしたよ。ピガロでも一肌ぬいでよろしい。では矢禮。僕は賭博《バカロ》をしてきます。

私達二人は人の見當らぬ一つの遊戯室に殘りました。私は白い衣裳に黑繻子の合羽、黑く小つちやい雙角帽をかぶつてゐました。プルウストは早速この裳束にお世辭を言ひ出しましたが、私は私の大好きなスヷンの話がききたがつたので話題をそらしますと、彼は創作中のスヷンの斷片をばいくつか物語り、私は私で自分の好ましい想像をはたらかせて、お伽話の見知らぬ町を思ふやうに物思ひにふけるのです。彼は亦バルザックを物語りました。彼は自分の自動車を明日まで待つやうにとボオイに命じました。

――貴女が私にどんなに好意を持つてゐて下さるかをレイノルドから承つたのです。私は貴女を退屈がらせやしないかと、そればつかし心配してゐるんです。ドストエフスキイの話などをやり初めても貴方は私を許して下さいますか。私は貴方のお好きな作家や作曲家を尊敬してゐるんです。リムスキイ・コルサコフ、あの素敵なストラビンスキイ……ボロヂーヌはお好きですか？　あの第三交響樂の主題は僕に感興を與へるんです……カルメツトはすい分親切な人ですれ。ちよつと失禮しますよ。コルメツトへお禮のしるしに千フラン張つてやらうと思ふんです。きつと喜んでくれますよ。では一寸失禮……行つてきましたよ。

――まあ貴方……

――お止しなさい貴方なんて。マルセルつて呼んで頂きたいんです。私達はもう戀人同志ぢやありませんか。同じ太陽の下で寢てゐるんですもの。尤も私はあんまり太陽も眺めませんけどれ。

時間はいつの間にか飛ぶやうに流れてゆきました。やがてカルメツトが刻み足で立ち現れ、ひどく錯雜した聲で呻きました。「根こそぎやられた。」丁度朝の二時でしだ。私達は溫い再會を約して別れたのです。會ふ度に深まる友情を慈しみながら。

ある冬の朝。大戰中のことです。プルウストは立ち現れると言ひ初めました。

――今夜は貴女を浚つてゆきますよ。おいやなら仕方がありませんけど。シロへ行くんです。あそこの料理はとてもしつかりしてゐるといふ話をきいたものですから。貴女はいつも夜會に私を招待して下さるから今夜は私も御禮に……ありがたい。風をひくといけませんよ。私のカラーなんか見ちやいけませんれ。どつか間違つた服裝をしてゐればそれはもうセレストの奴がした業に違ひないんです。あいつときたらきまつて私に恥をかかせやうとするんだから。あ、いいえ、タキシはお呼びにならなくともよろしいんです。ちやんと私のが下に待つてる筈なんですから。足の冷さは御心配にならなくともいいんですよ。車の中にちやんと毛皮を用意しておきましたから……いや完く。こんな妙な服裝をした男と外出なさるのは貴女の恥かも知れないな……。

私達は眞暗な人通りのない巴里を走つて、またたくうちにシロへつきました。

――君。とプルウストは支配人に言ふのです。夫人のために一番いい席をこしらへて下さいませんか。出來のいいシヤンパンをすぐ冷やして……いいえ、いいえ、ぜひこいつを呑んで頂かなきや、今晩は私を悅ばすためにぜひこれを呑んで頂きたいんです……それから白葡萄酒にヒラメのヒレ肉をおとして、それから牛肉、サラダ、チヨコレートのあたたかいやつ（プルウストの招待客は年中同じ献立を食はされるんです、彼の健康に順つて多少の變化はありますが、客人の健康に順つて變化された例はありません。）ええ、私の食べ物？私は何もいらない、あ、さうだ、水を呑もう。それから珈琲も呑もうかな。もし許して頂けるなら珈琲を何杯も何杯も呑みたいな。

そこで私達は席につきました。

――お願ひですから、袖口にセーターがのぞいて見えてもお氣にとめないで下さいよ。みんなセレストの奴が行きとゞかない所爲なんです。

暫くして、突然彼は立ち上つて、支配人のところへ出かけて行きました。すつかり聲まで改まつてゐるのです。彼は自分の名刺を差出しました。

――君濟まないがこの名刺を夫人の背後に陣取つてゐる紳士諸君に渡して頂きたい。あいつ等は斷じて我々と同席するにふさわしくない。どうも我慢するわけにいかん。無禮きはまる」

私は立ち上らずにゐられませんでした。

――體誰のことを言つてゐるんです。マルセル？」

――あそこにゐる外國人の奴等め、貴女が誰れかを知らないんです。あいつら、貴方の惡口を言つてるんです、私と同席してゐるといふので。

私の視線は彼の視線を追ふて、私の友達である伊太利の大使を見つけ出しました。ですから私はすぐに彼等のところへ歩みよりました。

――メザシ侯爵ではございませんか。マルセル・プルウストを御紹介申します

プルウストの顔は明るくなりました。

――私はまた、貴方が夫人を誤解してゐらつしやる、でなければ、夫人を何か他の人と問違へてゐらつしやるんぢやないかと思つたんです……私は貴方とお近づきになれてとても嬉しいんです。私はとても伊太利が好きでしてね。ことにフローレンスにはあこがれてゐるのですが――未だに行つたことはないのです……

私達は自分のテーブルへもどりました。

――夫人。私は全くばかでしたよ。前もつて一度御相談して、それから喧嘩なら喧嘩をすべきでしたね。こんなばかな振舞ひを貴女は許して下さいませうか。ああ、私は實に不幸者だ。

彼は斷末魔のやうな苦しみを感じながら、戰爭を呪ひました。同時に彼は病魔のためにも、同じ苦痛をたへず舐めさされてゐたのです。あれは一九一七年の夏でした。その頃私はベルサイユのトリアノン・パラースに住んでゐたのです。その頃は幾度もここを訪れてくれました。たとへベルサイユ迄の短い旅でも、旅は彼に驚くべき出來事だつたのです。彼の自然へのノスタルヂイは、彼の心の陰でした。いくら氣晴しをとつてもノスタルヂイは深まるばかりだつたのです。

九月の一夜でした。ゼンケビッチ將軍の自動車が將軍と共にプルウストをトリアノンパラースへ降しました。セ將軍はロシアの駐佛聯隊司令官で、私自身がプルウストをこの人にひき合はしたものです。將軍はプルウストにひどく敬服してゐたのです。私の部屋へ通りますと、將軍はみちみちプルウストが彼に話した色々の思ひつきがひどく面白いといふので早速私に話し初めましたが、プルウストはいきなり私の腕を引つ張つてこう言ひました。

――夫人。今晩は素晴しく澄んだ夜ですね。外へ出てみたいのですが、如何ですか？うん、こらどうしても出なきやいけない。何分私は、今日めづらしく喘息の發作がないものですから、今日は長らく失つてゐた感覺の喜びを取りかへすのです。ああ、何年振りだろうな。

子供つぽい喜びが彼を生き生きとさせたやうでした。いつもは控へ目の彼が、だしぬけ

に腕を差し出して私と腕を組んだのです。

――色んなの物眺めたり見つめたり、ああ何ていい夜だらう。私は完く滿足なんです。朝顔《ダチユラ》の香氣が私を病氣にするなんてことは、ないだろな。セレストの奴私に燻蒸療法をやらせやうといふので、どうしても定つた時間に私を叩き起すんです。將軍の自動車はとても樂でいい車ですね……サン・クロオの中腹へ登つたら、淋しさを脫ぎ去つたやうにほつとしましたよ。呉々もお願ひしますが、私が今晩貴女をお訪ねしたことだけは誰にも內密にしておいて下さい。何分ここ暫くといふものは隨分あつた招待をみんな斷つてゐたものですから。健康も實際惡かつたんですが……

私達は長い間逍遙しました。大きな木々の下、そこには夜の陰が落ちてゐました。時々彼は地に鼻をつけるやうにして花や苔を眺め、その名前をたしかめたり、もぎ取つて仔細に眺めまはしたりしました。草を刈る音がかなり遠いかなたから聽えてゐたのです。

――マルセル。もう先へゆくのは止しませうね。刈りたての草は冷いから、風をひかないとも限らないわ。

と私が言ひますと、彼は頑固に頭を振つて

――いやいや、四方八方へ行つみなきやいけません。御心配無用ですよ。今夜は私に病氣を植えつける何者もある筈は斷じて無い。

しかし私達はそこからもどりました。そしてすぐ食卓に就いたのです。其の夜は、將軍の外にも、私の縁戚に當るエルマン夫人――カロリエス・ヂユランの娘です――もトリアノンパラースに居合して一緒に食卓を圍みました。この夫人は自分のお孃さん達と、それにお孃さん達と同年輩のお友達をたくさん連れておりましたので食卓は全く賑かだつたのです。マルセルはこの魅惑するやうな柔い感觸にすつかり有頂天になつてゐたのです。食事を卒へますと私達は私の私室へ引き移つてそこでセルヂユ・リツプマン――アレキサンドル・ヂユ・ウマの孫です――が自作の曲でピアノを彈くのを聽きました。それから會話が初まつたのですが、若い人達に取り圍れたプルウストの乘り氣な會話といつたら、ほかに比べる物もなかつた程でした。夜はすつかり更けました。將軍は懇願するやうに時計ばつかし見るのです。マルセルはそれをよく知りながら、まるで知らん顔をしてゐましたが、やがて私に近づいてこう切り出しました。

――朝になると、この邊はうるさくなりはしませんか。どうも、何かうるさい物音がするやうな氣がするんだが……

――いいえ、私の部屋は公園に面してゐますし、それに六階ですもの。

マルセルは暫くためらつてゐました。

――このホテルの支配人は、數日私を宿めてくれませんかしら？

――きつと拒絶されますわ。今は部屋が皆塞つてゐるんですもの。言つても無駄。

するとマルセルに夢を追ふやうに申しました。

――ああ、屈託のない若い人達を見るのは綺麗なものだなあ……

いとしいマルセル……　（坂口譯）

エコ・ド・パリ

△新らしいお化粧法は一に素顔をさらけ出すことです。東洋の淑女なら尙更さうですとも自瓜とオレンヂとどちらが一體綺麗です！

△巴里好みのお料理。猫の舌（ラング・ド・シヤ）まづ丼の中へ百二十五瓦のバタと二百瓦の砂糖を溶かしてかきまぜなさい。よく掻きまはすんですよ。お好みの香料と五個の卵白を入れて下さい。次に大匙一杯の牛乳、百五

十瓦の麥粉。そこでこれらを充分にかきませて、それからフライパンに入れ強い火にかける。

△アルテユル・オネガアのパシヒツク二三一が映畵化されました。無論ヒルムパランです音樂指揮はオネガア自身。(アポロ社便り)

△折角お書きになつた文書にいろいろ手垢だのシミができたならばどうなさる。ベンヂンに限ります。紙質も文字もちつとも痛みません。こんなとき、フランネルのぼろがとてもいいことも御存知ですか?

△本誌の主宰で近いうちに佛蘭西近代音樂の夕を開きます。

△ダリウス・ミロオの音樂は耳を疲らせることなく探すことのできる深い明るさです。扉の角でできたとても素晴しいステツキを持つてます(ヂヤン・コクトオの六人組評より)

△毎朝一升づつ冷水をお飲みなさい。長壽は請合です。試してごらん。

△吾人をして已に克たしむるものは、理性より虛榮の力を多しとす(ロツシユフコオ)

△近代靑年の唯一なる浪曼主義運動は遺産を當にすることです。フアシズムとマルキシズムは又別です。

△**寄附募集**。ピアノ一臺。

編輯後記

△最近文學の傾向は各人が各樣に一曲あることをのみ言はんとして、いきほひ奇驕に走り藝術の正しい姿は何處にも求めて之を見出し得ぬ如き有樣を呈した。我々は白紙に立ち返つて全てを冷靜に見直すべきだと考へた。

△そこで我々は我等の作品を發表する以前に佛蘭西文學を古典から近代までも一度堀り返して並べやうと考へた。佛蘭西を選んだのは我々の全てが主として佛蘭西文學專攻者だつたからだ。佛蘭西はけしてありの儘には紹介されておらぬ。今迄の紹介が已に偏狹だつた

△初號はこういふ意味で編輯された。御覽の通りである。初號に古典の載らなかつたのは實は古典の原稿が輻輳しすぎた故だつた。古典の名作は重に長編である。分載するよりも一度に全部を收めるため順次に後へ廻した。

△しかるに本號編輯中同人の意志が急轉してむしろ作品と紹介とを同時になすべきだといふ說が强くなつた。同人各人の藝術心を踏み殺すことは事實に於て不可能である。並せて經濟狀態がそれをとるよりほか別の策なきを思はせたのだ。この悲境が全同人を屈服した。

△初め我々の方針はせめて初期の半年間位な譯九分創作一分の編輯で進む筈だつた。しかし初號はとにかくこの方針で編輯したのだ。次號からは前述の通り飜譯と作品とを五分五分に載せる。この形はここ暫く續く筈である。

△我々の最も重大な主張は、藝術は文學も美術も音樂も常に聯絡をとるべきだといふことだ。どの一つを單獨に歩ませることも不可だ。そして我々は文學のみならず美術にも音樂にも言ふべき數々のことを持つてゐる。已に初號のためにも山澤葛卷の音樂、片岡關の美術それぞれの原稿が集つてゐたのだ。

△しかし少くとも我々の論說は、その最初に於てば各分野それぞれ最も本質的な主張を述べた方がいいと思つた。たとへば音樂に於て我々は初め世界中から唯一人エリツクサチイを選び次號には葛卷の筆で之を推す筈だ。この爲に初號の音樂美術は一時的に割愛した

△文學の方面では、來月は近代佛蘭西から一人ギヨオムアポリネエルを選び、この爲に二十頁を割いて特輯する。之を際立たせる爲に初號にもアポリネエリを一つ載せておいた。とにかく初號は途中に變節したため失敗した。次號はぐつと良くなることを保證する。

同人（ABC順）

青山清松　坂口安吾
江口清　關義
本多信　白旗武
片岡十一　高橋幸一
葛巻義敏　若園清太郎
長島萃　脇田隼夫
根本鐘治　山口修三
野田早苗　山澤種樹
大澤比呂夫　吉野利雄

昭和五年十月十五日印刷納本
昭和五年十一月一日發行

編輯兼發行人　東京府荏原郡矢口町字安方一二七　坂口安吾

印刷所　東京澁谷町金王一　大黑活版所
電話青山七八五〇

發行所　東京京橋區中橋和泉町六新潟新聞支局二階　「言葉」發行所

定價　一部　二十五錢

大取次所　アテネ・フランセ書籍部　東京堂書店

《復刻版刊行にあたって》

一、本復刻版は、浅子逸男様、庄司達也様、公益財団法人日本近代文学館様の所蔵原本を提供していただき使用しました。記して感謝申し上げます。

一、復刻に際しては、原寸に近いサイズで収録し、表紙以外はすべて本文と同一の紙に墨色で印刷しました。

一、表紙の背文字は、原本の表示に基づいて新たに組んだものです。

一、鮮明な印刷となるよう努めましたが、原本自体の状態不良によって、印字が不鮮明あるいは判読が困難な箇所があります。

一、原本の中に、人権の見地から不適切な語句・表現・論、また明らかな学問上の誤りがある場合も、歴史的資料の復刻という性質上、そのまま収録しました。

三人社

言葉　創刊號　復刻版

青い馬　復刻版（全7冊＋別冊）

２０１９年６月２日　発行

揃定価　４８、０００円＋税

発行者　越水　治

発行所　株式会社　三人社

京都市左京区吉田二本松町４　白亜荘

電話０７５（７６２）０３６８

組　版　山響堂pro.

乱丁・落丁はお取替えいたします。

言葉 創刊號コード ISBN978-4-86691-133-5

セットコード ISBN978-4-86691-127-4

とにかく
わるくないでしよ
感じは

ビリヤード
トキワ

かならずしも
力學的でないない
文學的にも
たまはつきますます

京橋トキワ町一ノ一
交叉點ノトコデス
タマツキバ

京橋區トキワ町一ノ一
タマヲツクトコロ

トキワ
ビリヤル

シンケイスイジヤク
ニモヨロシイ

タマタマタマ

第一卷第一號 拾壹月號

定價貳拾五錢